백설공주는
왜 거울 속에 있었을까

백설공주는 왜 거울 속에 있었을까

펴 낸 날 2019년 8월 30일

지 은 이   김이하
펴 낸 이   이기성
편집팀장   이윤숙
기획편집   최유윤, 이민선, 정은지
표지디자인 최유윤
책임마케팅 임용섭, 강보현
펴 낸 곳   도서출판 생각나눔
출판등록   제 2018-000288호
주   소   서울 잔다리로7안길 22, 태성빌딩 3층
전   화   02-325-5100
팩   스   02-325-5101
홈페이지   www.생각나눔.kr
이 메 일   bookmain@think-book.com

• 책값은 표지 뒷면에 표기되어 있습니다.
  ISBN 979-11-90089-63-0 (03810)
• 이 도서의 국립중앙도서관 출판 시 도서목록(CIP)은 서지정보유통지원시스템 홈페이지
  (http://seoji.nl.go.kr)와 국가자료공동목록시스템(http://www.nl.go.kr/kolisnet)에서
  이용하실 수 있습니다(CIP제어번호: CIP2019032871).

김 이 하 에세이

백설공주는

왜

거울 속에 있었을까

거울 앞에서 기울을 보고 묻는다.
백설공주는 살았니 죽었니.
거울 속에서 백설공주가 말한다.
지금 보시는 것처럼 이렇게 아름답게 잘 살고 있습니다.

생각나눔

I am very Sorry and thank You very much

just want You to be Happy

miss You

love You

from the deep in my Heart.

첫 페이지를 넘기다

아침에 햇살을 만나다

연분홍 꽃비가 내린다

노오란 개나리와 진분홍 진달래가 웃고 있다

땀방울 식히는 나무 그늘에 바람이 분다

노오란 은행잎 하나가 덩그러니 떨어지고 있다

오솔길에 낙엽이 부스럭부스럭 살고 있다

얼음판 위에 하얀 눈이 쌓인다

서쪽 하늘 붉은색 바다에 해가 지고 있다

3. 더불어 함께

4. 지금도 시간은 가고 있다

5. 자연이 살아야 나도 산다

6. 앞만 보면 멀리 갈 수 없다

7. 그래도 하고 싶은 말

즐겁다
편안하다
만족한다
기쁘다
좋다

형체가 없다
보이지 않는다
만질 수 없다
색도 없다
셀 수도 없이 많다
모양도 다르다
색도 다르다

나로부터 나온다
내가 만든다
내가 옮긴다
내 마음속에 있다

행복

돈으로 살 수도 있다
돈으로 잃을 수도 있다
원하는 것을 갖는 것이다
원하는 것을 비우는 것이다
현재진행형이다
미래의 희망이다

1

마음 가는 대로

나무계단, 2017. ©

마음을 비우는 곳에 채워지는 것

가느다란 나무기둥에 두 줄로 길게 엮인 고추나무에는 빨간 고추가 치렁치렁 매달려 고랑 사이를 지나는 작은 바람에도 흔들흔들 금방이라도 땅으로 곤두박질칠 것 같다.

커다란 쇠 호미가 앞뒤로 움직이며 땅을 파헤치면 진한 흑갈색 손등에 깊게 팬 주름에 할머니의 땀이 고이고 그 위로 다시 흙먼지가 덮어진다.

붉은 머리 경운기가 고추밭 둑으로 탕텅팅 어정어정 지나가면 산기슭에서 풀 뜯는 누런 어미 소가 고개 들어 쳐다보고 있다.

천변을 따라 휘어진 둑길에 연분홍색 벚꽃이 비바람에 쓸려 간 지도 한참 지나서 지금은 진초록 벚꽃 나뭇잎이 가지가지마다 가득 들어찼다.

산책길 담벼락 밑을 따라 밭고랑 하나로 줄지어 선 하얀 감자 꽃에 입맞춤하는 벌들의 입가에서 노오란 꽃가루 향이 묻어난다.

복숭아색 반팔 셔츠에 흰색 기저귀를 차고 예쁜 꽃무늬 운동화를 신은 두세 살 아이가 방금 진 보라색 나팔꽃을 지나온 노랑나비와 손가락 장난하며 뛰어가다 넘어진다.

아이 무릎 위로 토끼풀 파란물이 스며들고 있다. 엄마가 놀란 얼굴로 일으켜 세워주지만 아이는 벌써 저만치 흰나비를 쫓아가고 있다.

점심시간이 지난 지 한참 되었지만 식당 테이블에는 사람들이 칸칸이 앉아있다. 혼자서 김치찌개를 먹고 있는 아저씨는 이마로 흐르는 땀을 닦으면서 빨간 김치찌개 한 숟가락을 후루룩 들이키고 있다.

옹기그릇 청국장을 가운데 두고 호호 불며 뜨거움을 식혀가는 두 남녀의 입술이 붉다.

건너편 사인용 긴 테이블에는 부탄가스 불 위에서 소불고기 전골이 부글부글 끓고 있다.

갈색 양념이 부어진 돈가스를 포크로 찍어 먹는 중학생 앞에서 젓가락에 둘둘 말린 라면이 후르륵 후르륵 입속으로 빨려들어가 사라진다.

반찬 하나하나를 테이블에 옮겨다 준 아주머니의 손과 카드 계산기에 가격을 입력하는 주인아저씨의 손이 번갈아 가면서 바쁘다.

문 닫을 시간이 가까워오지만 세일 기간인 백화점 통로는 어깨를 맞부딪치는 사람들로 바쁘다.

상표 위에 붙은 가격표가 목 밖으로 흘러내린 복숭아색에 흰 꽃이 새겨진 짧은 드레스를 입은 젊은 여성이 자기 키보다 높은 거울 앞에서 왼쪽 오른쪽으로 몸을 돌려보면 옆에 서있는 젊은 남자의 엄지손가락이 하늘로 솟구친다.

진한 남색 핸드백을 내려놓고 연한 밤색 가방을 왼쪽으로 메워보고 오른쪽으로 메워보는 아주머니를 서너 발치 떨어진 곳에서 바라보는 아저씨의 얼굴색이 조금씩 붉어지기 시작한다.

탁탁 삐삐삐 키보드 글자판 두드리는 소리, 스으윽슥 사무실 가운데 프린터에서 인쇄하는 소리, 뚜뚜뚜 전화번호 누르는 소리, 유리벽 넘어 출입문이 열리면 또르르 굴러가는 골프공 소리, 속삭이며 높아지는 말소리들이 사무실 천정에 부딪히며 흩어지고 있다.

부드럽게 휘어진 곡선으로 만들어진 아이보리색의 나지막한 칸막이는 고개를 들면 옆 사람의 눈이 먼저 와서 부딪힌다.

소소하고 확실한 행복도 마음을 비우는 만큼 행복이 채워진다.

마음을 비운 자리에 다시 행복이 차곡차곡 쌓여간다.

사람들은 누구나 자기만의 거울을 마음속에 만들어 가면서 산다.

거울의 밝은 면이 밖으로만 비추고 있으면 나를 볼 수 있는 시간이 없고, 거울의 뒷면에 칠해진 색만 보면서 산다.

탯줄이 잘리는 순간 세상 밖으로 내려앉은 독립적인 생명이다.

세상 밖에서 순간순간 나를 비춰주는 거울에 행복이 기록된다.

오늘도 거울에 내가 보인다.

살아있음으로 행복하다.

길, 2018. ©

작지만 오래가는 사랑

냇가 언덕배기에 떼 지어 푸른 몸을 앙상하게 드러낸 억새풀
이 바람에 으스스 몸을 부딪치고, 청둥오리 두 마리가 물속으
로 고개를 넣으며 츠스륵 츠스륵 물고기를 찾으려고 눈길 한번
주지 않는다.

붉은색 페인트칠한 산책길에는 다리가 불편한 할머니를 왼쪽
손으로 부축한 할아버지가 무거운 발걸음을 느리게 느리게 옮
기고 있다.

머리가 짧은 아저씨 뒤에서 검은색 마스크를 한 아주머니가 흰색 강아지 뒤를 졸졸 따라온다.

인라인스케이트를 타고 빨간색 무릎 보호대를 한 네다섯 살 어린아이 손을 맞잡은 젊은 부부가 산책길의 마지막 계단을 내려오고 있다.

잔디밭 농구장에서 초등학생 아들이 던지는 농구공이 골 링과는 전혀 엉뚱한 방향으로 굴러떨어지는 공을 다시 주워오느라 젊은 아빠는 숨이 가쁘고 어린 아들은 초록색 농구장을 이리저리 껑충껑충 뛰어다닌다.

농구장 나무의자에서 어린아이를 가슴에 감싸 안으며 한 손에 우유병을 든 젊은 엄마가 아빠 힘내라고 꽃 웃음을 활짝 보낸다.

강아지 두 마리를 양쪽으로 묶어서 한 줄을 오른손 손목에 끼우고 강아지 뒤를 엉금엉금 걸어오는 할머니는 저희끼리 잔디밭에 엎어졌다 뒤집어졌다 뒹구는 강아지들의 몸짓에 엷은 미소가 입가에서 노래를 부른다.

산책길에서 두서너 걸음 언덕 아래로 냇물이 흐르고 언덕에는 키만 한 억새풀 갈대숲이 진한 초록으로 둘러서 있지만 간간이 빈 곳에는 산책길 언덕과 냇물이 맞닿아있다.

맑은 날 햇살에 은색으로 빛나는 쇠 난간을 수리하는 아저씨는 얼굴을 철 가면으로 가린 채 불꽃을 피운다.

힐끔힐끔 보이는 철 가면 사이의 얼굴에서 붉은 땀방울이 우수수 떨어진다.

시멘트 둑으로 냇물의 흐름이 억지로 가로막힌 곳은 폭이 넓고 깊어서 물색이 진하고 바닥도 보이지 않는다. 흐름을 빼앗긴 냇물과 산책길이 만나는 언덕배기에는 은빛으로 빛나는 십자가 모양의 쇠기둥 오른쪽에 걸려있는 동그란 주홍색 구명튜브가 물속으로 뛰어들 준비를 하고 있다.

왼쪽으로는 하얀색 로프가 둘둘 말려진 채로 생명을 기다리고 있다.

주홍색 띠로 몸을 치장한 여섯량 기차가 냇물을 건너면 크당크다당 소리치는 철 다리 그림자가 물속에서 달음박질친다.

흰 셔츠와 짧은 남색 치마를 입은 여학생 두 명이 한 손을 하늘로 치켜들고 손 인사를 보내면 기차 창문에 기대선 얼굴에서 눈인사 오고 창문에다 두 손바닥으로 편지를 보내고 있다.

어린 딸과 젊은 엄마가 가위바위보 손 벌리며 계단을 하나하나 오르고 있다.

잔디밭에서 두서너 계단 위에 있는 어린 딸은 금방이라도 눈망울이 글썽글썽 나올 것 같고, 예닐곱 계단 위에서 어린 딸을 내려다보며 손 내미는 엄마의 가위바위보는 한 마디 한 마디가 점점 젖어가고 있다.

해가 서쪽으로 점점 기울어 붉은 노을이 온 하늘을 집어삼키면 줄에 메인 강아지 두 마리가 할머니를 집으로 이끌어 간다.

텅 빈 농구장 쇠기둥 사이에는 농구공 두 개가 나란히 숨어 있다. 잔디밭 나무벤치에 어깨를 기대며 나란히 앉은 할머니와 할아버지가 한 줄씩 나누어 귀에 꽂은 이어폰 하얀 줄이 붉은 색으로 빛난다.

냇가 건너 고압 송전탑 위에서 까치 두 마리가 새집 짓는 날갯짓으로 바쁘다.

냇가 억새풀 기슭에서 철없는 청둥오리 두 마리가 머리를 비비며 기다란 입술로 털빛을 세우고 있다.

돌, 2016. ⓒ

보이는 사랑과 보이지 않는 사랑

네거리 신호등에 빨간불이 켜지면 흰색 검은색 붉은색 진한
회색 연한 회색 승용차 시내버스 시외버스 화물차 승합차 트럭
이 길게 줄지어 서있다.

노란 중앙선을 사이에 두고 좌회전하는 자동차와 직진하는
자동차들이 길게 줄 맞춰 앞으로 나간다.

오른쪽 횡단보도에도 파란불이 깜박이며 밤색 가방을 든 할
머니의 발걸음을 재촉하면서 빨간불로 바뀌어도, 넓은 횡단보

도에 할머니만 자동차 헤드라이트를 밟으며 마냥마냥 걷고 있다.

신호등은 파란불로 바뀌고 길게 선 자동차들이 할머니를 기다리고 있다.

카페 이 층 창가에서 내려다보이는 도시의 네거리는 신호등의 색에 따라서 공장에서 상품을 만들어내는 기계처럼 차근차근 한쪽이 멈추면 다른 쪽이 움직이고 있다.

길 건너 버스 정류장의 좁은 초록색 플라스틱 의자에는 젊은 남녀가 머리를 기대며 맞잡은 손을 한쪽 주머니에 감추며 앉아 있다. 시간에 따라 움직이는 버스 도착 시간표를 응시하고 있는 아저씨가 힐끔힐끔 돌아보고 있다.

휴대폰에 얼굴을 맞대고 자판을 두드리는 여학생은 버스가 지나고 또 지나도 고개를 들어본 적이 없다.

빨간색 하트가 그려진 하얀 머그컵 한가운데 짙은 갈색의 블랙커피의 밤색 꽃이 살포시 피어오른다.

커피의 검은 향이 가슴 속으로 은은하게 파고들면 머리는 벌써 바람 한 줄기 없는 호수 위에서 꽃배를 타고, 아랫입술과 윗입술로 살며시 깨물려진 커피는 길게 휘말린 혀를 적시며 안으로 안으로 빨려들면서 깊은 목 낭떠러지로 비명 치며 미끄러진다.

흰 머그컵 가장자리에는 붉은 입술 자국이 선명하다.

카페 이 층 구석진 곳에는 네모난 테이블을 사이에 두고 아저씨는 책을 한 페이지 두 페이지 넘기고, 아주머니는 아이스크림을 입가에 머금은 채로 책을 넘기는 아저씨를 바라보고 있다.

한가운데 큰 테이블에는 대여섯 살쯤 되어 보이는 어린아이가 의자 사이사이를 뛰어다니며 소리치다가 높아진 엄마 목소리에 멈칫하며 제자리에 서있다.

창가 쪽 동그란 테이블에는 자주색 빨대가 하나만 꽂혀있는 긴 플라스틱 콜라 컵을 손가락으로 만지작거리는 여성의 손 위로 남성의 손이 포개지면서 등받이 없는 의자가 하나가 된다.

동네로 접어드는 입구에 자리 잡은 작은 놀이터에는 어린아이를 태우고 그네를 밀어주는 엄마와 남색 천으로 감싼 갓난아이를 가슴에 안고 있는 아빠의 웃음소리가 바람 타고 놀이터를 휘감아 돌고 있다.

놀이터 시소 옆에 놓인 작은 나무벤치에 하얀색 셔츠의 상의와 긴 남색 바지의 교복을 입은 남학생과 흰색 셔츠에 밤색 넥타이가 매어진 상의와 무릎이 보이는 체크무늬 치마를 입은 여학생이 남학생의 두 다리 위에 앉아있다.

여학생의 두 손은 남학생의 목 뒤를 감싸고 있고, 남학생의 두 손은 여학생의 허리춤을 움켜잡으며 맞닿은 얼굴을 입술이 서로를 휘감아 놓고 있다.

놀이터 길을 지나는 동네 할아버지가 얼굴을 돌리면 옆에 가는 할머니의 목소리가 높아진다. 초등학생 서너 명이 힐끔힐끔 쳐다보며 저들끼리 웃고 있다.

긴 강아지 끈을 잡아당겨서 가슴에 안은 아주머니가 서둘러서 빨간 신호등의 횡단보도를 뛰면서 건너간다.

아파트 창가에 가지런하게 놓인 치자나무 화분에 물이 가득히 적셔 오르면 하얀색 치자꽃 향기가 온몸에 스며들어 스스로가 꽃이 된다.

사랑은 향기로 은은하게 스며들어 와서 스스로가 몸이 된다.

그래서 사랑을 해본 사람은 많아도 사랑을 본 사람은 없다.

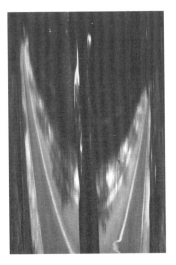

햇빛, 2017. ⓒ

🌰 사랑해라! 많이 사랑해라! 어떻게?

동그랗게 펼쳐진 하얗고 뾰족한 구절초 꽃잎 가운데 봉긋하게 솟아있는 노오란 꽃술을 가느다란 더듬이로 어루만지며 꽃가루 꿀을 온몸으로 빨아들이는 작은 꿀벌의 날갯짓은 달콤한 꿀을 사랑하는 본능적인 생명 활동이다.

기다란 몸에 넓은 초록 잎을 거느린 해바라기가 둥그렇고 노오란 얼굴을 치켜세우며 아침부터 저녁까지 해를 따라다니는 것은 해를 닮기 위한 자연스러운 사랑의 표현이다.

자갈길 바위틈에 자라난 이름 없는 잡초의 실뿌리는 물을 향한 사랑을 위해 땅속 여기저기를 찾아 나서고, 가는 초록 잎과 줄기는 해를 향한 사랑을 위해 하늘로 오른다.

엘리베이터의 문이 열리는 띵동 소리에 털북숭이 흰색 강아지 발이 현관문을 빠르게 긁어대면서 열리는 문을 박차고 아빠 몸으로 뛰어오르고 내리며 잉잉잉 짖어대는 소리는 아빠를 사랑하는 강아지의 사랑표현 생활이다.

두 살배기 아이가 기저귀도 잊은 채 오동통한 두 다리로 내달려서 아빠의 가슴으로 털썩 안기는 것은 아빠를 향한 아이의 본능적인 사랑표현 방식이다.

붉은 장미꽃이 그려진 연두색 앞치마에 손을 씻으며 남편의 마른 입술에 살며시 입술을 맞대는 아내의 젖은 목소리에 묻어난다.

사랑합니다.

작은 숟가락에 업힌 밥을 입으로 살짝 씹어보고 후후후 식히며 어린아이의 입에 넣어주는 아빠의 손이 살짝 떨리고, 젓가락으로 뼈를 발라낸 고등어 한 움큼을 남편의 입에 넣어주는 아내의 얼굴이 발그스레하다.

하얀 곰돌이가 새겨진 붉은색 앞치마를 어깨에 걸치고 행주에 거품을 일으키며 설거지하는 남편의 손이 슥슥삭삭 그릇을 타고 미끄러지면서 은색 그릇이 전등불에 빛나고 있다.

붉은색으로 'I♥U'라고 쓰인 하얀 머그컵에 갈색 커피 향을 가
득 채우며 아내에게 건네는 남편의 붉은 입술이 떨리고 있다.

사랑합니다.
오늘도
행복하자.
건강하자.

토요일 오후가 되면 시내 중심가에는 사랑의 움직임이 파도
처럼 몰려온다.

두 손가락을 살짝 끼운 채 나란히 걷는 교복을 입은 남학생
과 여학생,

여자의 손을 꼭 잡고 가는 남자,

남자의 어깨에 팔을 꼭 끼운 채 가는 여자,

두 허리에 양팔로 껴안은 채 가는 남녀,

건물 모퉁이에서 얼굴을 서로 부비는 남녀,

카페 창가에 홀로 앉아있는 남자가 지나가는 사람들을 바라
보고 있다.

건너편 테이블에는 등받이 의자에 앉아있는 여자가 홀로 책

장을 넘긴다.

　사랑은 형체나 모양이 없다.

　사랑은 색도 없다.

　그래서

　사랑은 눈으로 볼 수도 없다.

　사랑은 추상이다.

　추상은 내가 스스로 무엇이든지 그릴 수 있다.

　추상은 내가 스스로 무슨 색일지라도 만들어낼 수 있다.

　사랑은 나만의 그림이다.

　나만의 색이다.

　사랑은 표현되어야 완성된다.

　작품이 되고 예술이 된다.

　사랑해

　사랑해

　사랑한다는 말을 매일매일 볼 때마다 한다. 그리고

　천원에 세 마리 하는 붕어빵을 사서 둘은 주고 나는 하나만

먹는다.

　커피 한 잔을 사서 같이 나눠 마시며 마지막 커피는 기꺼이

준다.

탕수육을 먹고 싶다면 사주고 나는 자장면을 먹는다. 손을 살며시 잡고 싶으면 잡아야 한다.

꼭 안아주고 싶으면 안아야 한다.

붉은 입술이 끌어당기면 끌려가야 한다.

마음속의 사랑은 귀신도 모른다.

표현되지 않는 사랑은 사랑이 아니다.

다만,

존경과 소중함이 없는 사랑은 거짓이요 사기다.

사랑은 시작도 없고 끝도 없다.

그래서 사랑은 계속되어야 한다.

죽는 날까지

살아있는 모든 것을 사랑한다.

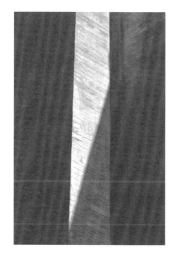

빛과 그림자, 2016. ©

나의 행복은
남의 불행으로부터 오지 않는다

오늘은 긴 그림자로 시작해서 하루의 가운데쯤에서 가장 짧은 그림자가 되었다가 점점 길어지면서 해가 서쪽 지평선 너머로 가라앉으면 어둠 속으로 다시 기다란 모습을 숨기며 밤으로의 긴 여행을 떠난다.

아침의 맑은 햇살과 함께 눈을 뜰 수 있다면 온몸으로 내리쏟아지는 사랑으로 언제나 행복과 함께 살아있음이다.

다시 세상을 볼 수 있고 다시 나를 발견할 수 있는 밝은 햇살과 함께 있으면 무엇이든지 그림자를 만들 수 있다.

긴 그림자 짧은 그림자 네모난 그림자 동그란 그림자와 같이 해가 비추는 나의 모습은 나의 몸짓과 내가 있는 곳에 따라서 그림자의 모습이 달라진다.

해를 가까이 높이 쌓아 올라가면 뜨거운 햇살에 그림자도 길어지고, 낮게 쌓으면 그림자는 짧아지지만 땅 아래는 춥다.

더 많은 행복을 찾으려고 더 높이 쌓으려는 욕심이 해를 향하면 지금까지 쌓은 행복도 불행으로 무너져내린다.

낮은 곳에 그냥 멈춰있고 싶어하는 것도 욕심이다.

욕심의 뒷면이 불행이다.

욕심이 앞서면 그 뒷면이 앞을 가리고 해를 가린다.

스스로 불행을 앞세우고 불행의 뒤를 따라가고 있다.

나에게 오는 행복은 높이 쌓은 만큼 높지 않고, 낮게 쌓은 만큼 낮지 않다.

행복의 색은 모두 다르다.

세상에 똑같은 행복은 없다.

같은 색의 행복도 사람마다 다르게 보인다.

내가 가진 빨간색 행복도 다른 사람에게 있으면 파란색으로 보인다.

그러므로

남의 불행이 나의 행복이 결코 될 수 없다.

시간은 지금도 간다.

해를 쉼 없이 따라다니는 그림자는 내가 만들지만, 해가 사라지는 밤은 내가 남의 그림자 속에 파묻혀있기 때문이다. 그래서, 밤에는 꿈을 꾸지만 앞으로 나아갈 수 없고 제자리에서 발버둥을 치고 있다.

어두움의 밤에 사로잡히면

내가 나를 볼 수가 없다.

내가 누구인지도 알 수가 없다.

내가 무엇을 하고 있는지 모른다.

내가 무엇을 해야 할지를 모른다.

내가 어디로 가고 있는지 방향을 알 수가 없다.

시간은 지금도 간다.

나를 휘감아 움켜잡고 있는 밤이라는 어두운 남에게 기대어 있으면 바람이 세차면 날아가고 냇물을 만나면 흘러내려간다.

이리로 날아갔다가 잠시 앉아 있는 곳이 내 자리가 되고, 저리로 흘러가면서 쉬어가는 연못에서 사랑을 만나면 행복을 보게 되고 내가 살아있는 보금자리가 된다.

그래도, 시간은 가고 있다.

어두움에는 아무것도 보이지 않고 아무것도 알 수 없기 때문에 높고 낮음이 없고, 있고 없고도 없다.

사람도 동물도 잡초도 장미도 망초도 개망초도 분별할 수 없다.

성공도 실패도 없다.

모든 것이 똑같다.

밤은 누구나 꿈꿀 수 있고 아무나 깨어날 수 없다.

길, 2017. ©

노란색 메모지에 남겨진 전화번호

한쪽 커튼이 열린 창문으로 보이는 하늘은 진한 회색 구름이 모든 햇살을 삼켜버려 태양의 그림자도 보이지 않는다.

노란 잎을 모두 고향으로 보내버린 은행나무 가느다란 줄기 하나가 십이월의 온 바람을 발가벗은 몸으로 맞이하며 부르르 부르르 떨고 있다.

아파트 정문 건넛길에는 오늘도 빨간색 경운기 할아버지가 붉은 호박고구마와 흙 묻은 감자를 검은 봉투에 담으며 장갑도 없는 손을 입으로 호호 데우고 있다.

빨간 사과와 진한 노란 색 귤을 이리저리 돌려보는 아주머니의 검은색 선글라스와 검은색 마스크로 사이로 하이얀 숨김이 피어오른다.

무릎 아래까지 길게 내려오는 검은 색 오리털 코트의 앞 지퍼를 열어젖힌 채 밑자락이 맞바람에 들썩 들썩이며 두 여학생이 양쪽으로 차가 주차된 좁은 차도를 걷고 있다.

짧은 단발머리에 키가 좀 작은 여학생의 노랑 스타킹이 긴 코트 자락 사이로 노릇노릇 보인다.

맨살이 발그스레하게 드러난 두 다리 무릎 위로 짧은 치마를 입은 여학생의 목 뒤로 늘어진 긴 머리가 맞바람에 얼굴을 감싸 안을 때마다 고개를 흔들고 있다.

도시의 남북을 가로지르는 팔차선 큰길은 언제나 자동차로 가득하고 뒤에서는 하얀 연기가 바람에 날리고 있다.

북으로 가려는 차와 남으로 오려는 차로 바쁘다. 이유도 모른 채 길게 늘어선 차 사이에서 꼼짝 못하고 갇히게 되면 짧은 하루가 더욱 짧아진다.

양쪽 비상등이 깜박깜박 시선을 멈추면 차선 한가운데에 차문을 열어젖힌 채 밖으로 나온 아주머니와 젊은 남자가 서로 손가락을 저어가며 목소리를 높이고 있다. 손가락 움직임이 커지고 목소리가 높아질 때마다 팔차선 큰길은 길게 늘어선 줄은 길어지고 경적을 울리는 차들도 더욱 시끄럽다.

늦은 점심시간이지만 햄버거 카페 주차장은 빈자리 찾기가 쉽지 않다. 한참을 기다리려서야 겨우 구석진 모서리에 차를 주차시킬 수 있다.

이 층 창가 테이블에는 사람들이 둘둘 넷넷씩 자리를 잡아 앉아있다.

젊은 남녀가 머리에 꽂은 빨간 사슴뿔 모자에서 크리스마스 음악이 천정에 솟구치며 온 식당을 헤집고 다닌다.

가운데 긴 네모난 테이블에 혼자 앉아서 진한 뜨거운 커피를 한 모금 넘긴다. 혓바닥으로 스며드는 쌉싸래한 커피 맛이 입속에 퍼지는 고소한 커피 향에 스스로를 던지며 혀 속으로 녹아들면 눈이 저절로 감기며 입술이 살짝 떨린다.

창밖으로 보이는 하늘은 더욱 진한 회색 구름이 두꺼워져 산자락까지 내려와 보인다. 길거리 자동차들도 앞뒤로 작은 불을 밝히며 조심조심 신호등에 따라가다 서다를 반복하고 있다.

길거리 휴대폰 가게에서도 크리스마스 음악이 온 거리로 퍼져 나온다.

카페 주차장은 아직도 빈자리를 찾는 자동차와 나가려는 차들로 뒤엉켜 어지럽다.

자동차 키를 돌리려다 말고 앞 유리창의 윈도우 브러시에 낀 노랑 메모지가 눈을 놀라게 한다.

주차하고 나가려다 실수로 뒷범퍼를 부딪쳐서 흠집을 내서 미안하다는 말과 전화번호가 적혀있다. 뒷범퍼에는 조그마한 흠집이 살그머니 못 본 척하고 있다.

아무도 본 사람이 없고 그냥 가실 수도 있는데 노란색 메모를 남겨 주신 것에 전화를 한다.

고맙습니다.
크리스마스 선물을 주셨습니다.
더불어 함께 행복한 새해를 맞이합니다.

목련, 2017. ⓒ

지금이 가장 행복하다

초등학교와 중학교로 가는 길에는 언제나 푸른 향기 가득한 전봇대보다 큰 향나무가 길가를 따라 줄지어 서있다.

길 한쪽에는 한 걸음 살짝 들어서 넘을 수 있는 작은 나무 울타리가 향나무를 마주 보며 삐뚤빼뚤 길게 이어져간다.

울타리 기둥에는 듬성듬성 우리 집 주말농장이라는 안내판이 진한 초록색의 페인트로 쓰여 있고 농장이라는 글씨의 'ㄴ'자와 'ㅈ' 자의 페인트가 살짝 벗겨져서 희미하다.

작은 밭고랑 서너 개 넓이에 대여섯 걸음 정도 될까 말까 한 밭에 '아빠 엄마 나'라고 빨강 파랑 색연필로 삐뚤빼뚤하게 쓴 나무푯말이 아침 햇살에 빛난다.

두 그루 고추나무의 고추가 무척 빨갛고, 한 그루 진보라색 가지는 부드러운 자줏빛으로 빛난다.

하얀 감자 꽃에 앉으려는 노랑나비가 작은 꿀벌의 빠른 날갯짓에 짐짓 놀라 하늘로 치솟아 오르면 노랑 날개 끝에서 아침 햇살이 빛난다.

두 가닥의 흰색 줄로 둘러쳐진 네모난 밭은 하얀 강아지 그림 옆으로 뚱이와 장이라고 쓴 이름표가 줄에 매달려 살랑살랑 흔들린다.

가느다란 나무기둥을 타고 오르는 완두콩이 휘청휘청 오며 가며, 옆 기둥으로 휘감아 오르는 진한 자주색 나팔꽃잎에 입 맞춤한다.

분홍색 빨간색 하얀색 채송화가 밭고랑 한가운데에 어우러져 있고, 빨간 닭 볏으로 핀 맨드라미가 흰색 줄을 따라 밭 둘레로 둥그렇게 피어난 꽃잎에서 햇살이 밝게 빛나고 있다.

초등학교 교문 바로 옆으로 만들어진 잔디와 흙이 뒤섞인 작은 밭에는 '행복 키우기'라는 푯말 아래에서 강아지들이 뒤엉키고 나뒹굴고 물어뜯고 낑낑낑 잉잉잉 짖기도 하고 울기도 한다.

검은색이 앞머리에서 코로 내려온 강아지는 구석진 곳에서 혼자 기다란 잡초 잎을 물려고 아앙앙 발짓하며 이리 뛰고 저리 뛴다.

앞발을 앞으로 모으고 고개를 다리에 기댄 채 우두커니 쳐다보는 다리털이 하얀 강아지의 눈동자가 뛰는 강아지를 따라 왼쪽으로 갔다 오른쪽으로 왔다가 눈싸움하고 있으면 울타리 밖에서 어린아이의 손짓으로 바쁜 어린아이의 손가락 끝에 아침 햇살이 부딪히고 있다.

삼사학년 정도로 보이는 초등학생이 여동생의 손을 꼭 잡은 채 횡단보도를 건너가면 여동생은 한쪽 손으로 눈을 비비며 이끌려 가고 있다.

네모난 빨간색에 하얀 곰이 그려진 초등학생 가방을 멘 엄마 뒤를 하얀 셔츠와 청바지를 입은 어린아이가 졸졸졸 따라오고 있다.

빠른 걸음으로 뛰는 듯 걷는 중학생은 학생들 사이사이를 바쁘게 비켜나가고, 등굣길을 가로막은 채 하얀 양말에 세 줄짜리 슬리퍼로 시멘트 길에 먼지를 일으키는 세 명의 중학생의 목소리가 지나가는 자동차 소리와 경쟁을 하고 있다.

한 학생의 이마 위에서 분홍색 머리 감기가 한 걸음 옮길 때마다 대롱대롱 흔들거리면서 반짝반짝 햇살이 내리비춘다.

노란색 통학버스 문 앞에서 높은 버스 문 계단을 내려오는 학생들의 손을 한 명 한 명 잡아주고 있는 노란색 재킷을 입은 기사 아저씨 얼굴에 햇살이 밝게 빛난다.

교문 앞 횡단보도에서 학생들의 교통지도를 안내하는 선생님의 손등에도 아침 햇살이 빛나고 있다.

등굣길 건너편 아파트 앞에는 매일 아침마다 빨간색 경운기에 빨간 토마토와 붉은색 고구마, 하얀 감자를 파는 윗마을 할아버지의 밀짚모자 넓은 창에서 햇살이 빛난다.

오늘 아침은 다시 오지 않는다.

글을 쓰고 있는 지금이 가장 행복하다.

글을 읽고 있는 지금이 가장 행복하다.

2
나답게

나는 나다   나는 너다
나는 나를   나는 너를
사랑한다   사랑한다

나

무제, 2016. ©

죽음 그다음에 오는 것

삶의 끝과 죽음의 시작은 경계를 맞대고 있다.

경계의 안쪽이 삶이고 바깥쪽이 죽음이다.

심장의 박동이 뛰고 있는 쪽이 삶이다.

박동이 멈추면 죽음이다.

삶은 생명체로서 지구와 우주에 살고 있는 것이다.

죽음은 생명과 형체가 없는 비존재로 지구와 우주를 떠나

우리가 전혀 상상할 수도, 알 수도 없는 세상으로 들어가는 것

이다.

죽음이 경계로 들어서면 다시는 인간 세상으로 절대 돌아갈 수 없다.

육체가 없으면 정신도 없다.

감각도 없고 의식도 없으며 감정과 생각도 없다.

육체와 정신은 함께 불과 연기 속에서 공간으로 다시 태어나거나 땅속에서 다시 흙으로 태어나 자연으로 돌아간다.

오직 죽음의 세상으로 들어갈 수 있는 것은 정신의 기억장치에 저장되어 있던 이미지의 상상이 유일하다.

이미지는 인간이라는 생명체로 살면서 정신의 기억장치에 쌓인 삶의 모든 흔적의 기록이다.

이미지는 참된 이미지와 거짓된 이미지가 혼합되어서 진실 된 이미지를 분별하는 것은 아주 어려운 문제이다. 그러므로, 이미지가 스스로 홀로 죽음의 경계를 넘어설 수 없으므로 이미지를 분별하고 이미지를 통제할 수 있는 상상과 함께 삶의 경계를 떠나 죽음의 문턱을 넘어서면서 전혀 새로운 세상으로의 여행이 시작된다.

죽음의 세상은 이미지로 만들어진 상상의 세상이다.

죽음의 경계를 넘어서는 그 찰나로부터 상상은 인간 세상과 단절된다. 인간 세상에 다시 갈 수도 없고 볼 수도 없고 가족이나 친지를 만날 수도 없다.

인간 세상과 상상 세상은 전혀 다른 별개의 세상이다.

인간 세상과 소통할 수 있는 어떠한 통로도 없고 전달문자나 통신도 없다.

심장의 마지막 박동이 멈추는 그 순간 바로 죽음의 문이 열리면서 이미지를 태운 상상은 푸른색 빛을 비추며 아무것도 보이지 않는 캄캄한 공간을 아주 느리게 느리게 떠내려가듯 흘러가듯 날아가듯 걸음 걷듯이 실려가고 있다.

똑바로 가는 듯 뒤로 가는 듯 돌아가는 듯 어디로 가고 있는 것인지 방향이 어디인지 알 수가 없다.

형체가 없는 추상체인 상상은 셀 수 없는 형체를 만들었다가 지우면서 푸른빛으로만 어두움을 더듬더듬 더듬으며 간다.

삶의 경계를 얼마나 넘어왔는지 죽음의 세상으로 들어온 지가 얼마나 되었는지를 알 수 있는 시간도 거리도 없다.

육체의 죽음과 동시에 정신의 기억장소에 쌓인 삶의 흔적이 기록된 이미지가 상상을 타고 푸른빛으로 죽음의 문을 지나온 이후로 상상이 처음으로 움직임을 멈춘 곳은 암흑의 공간 한가운데 뚫려있는 시뻘건 불꽃이 휘말리며 타고 오르는 불의 터널이다.

어디서 왔는지 언제 왔는지 알 수 없는 셀 수도 없이 많은 푸른 상상들이 시작과 끝을 알 수 없는 암흑의 공간을 지나서 불의 터널을 향해 모여들고 있다.

상상들은 서로가 누구인지 남자인지 여자인지 잘생겼는지 못생겼는지 뚱뚱한지 날씬한지 나이가 어린지 많은지 흑인인지 백인인지 부자인지 가난한지 어느 나라에서 왔는지 전혀 알 수가 없다.

다만 푸른빛으로 빛날 뿐이다.

상상이 불의 터널에 들어서면 푸른빛은 불꽃 속으로 태워 사라지고 시간으로 다시 변환한다.

시간으로 변환된 상상이 불에 실려서 처음으로 들어간 곳은 공간 전체가 거울로 둘러싸인 원형의 공간이다. 원형의 거울에는 인간으로 태어나기 전의 과거의 모습이 계속 지나가고 있다.

나의 이미지의 시작이 태초로부터 어떻게 만들어졌는지, 할아버지의 할아버지의 할아버지로부터 쌓인 참된 이미지와 거짓된 이미지가 무엇인지를 거울 속에서 보여주고 있다.

내가 인간으로 태어나기 이전의 과거로부터 운명적으로 물려받은 나의 유산적 이미지의 진실은 상상 속에 남아있지만 거짓된 이미지는 상상 밖으로 끌려나와서 불꽃으로 터널 속에서 태워지고 있다.

태어나기 이전에 물려받은 거짓된 이미지가 사라질 때까지 끝없는 시간을 불꽃을 태우며 불의 터널 속에서 머물러 있어야 한다.

과거의 거짓된 이미지를 불로 태워버리고 진실된 이미지만 있는 상상의 시간은 현재의 공간으로 스스로 움직일 수 있다.

엄마와의 탯줄의 끊어지며 응아앙 울음으로 세상에 발가벗고 태어나는 모습으로부터 떼쓰며 우는 모습과 유치원에서 여자아이를 괴롭히던 모습, 초등학교와 중학교 고등학교의 청소년 때의 참과 거짓된 모습이 영화의 장면처럼 천천히 지나가면 나의 상상은 미소를 짓기도 하고 눈물을 닦기도 하면서 현재의 나의 이미지를 다시 기억해간다.

사랑과 이별의 순간이나 결혼의 과정과 사회에서 직업인으로서 삶에서 쌓인 참된 이미지와 거짓된 이미지가 끝없이 이어지고 있다.

마지막 병원의 응급실에 누워서 산소마스크로 얼굴을 가린 모습이 나타나고 주위에 아들과 딸들이 사위도 보이고 손자 손녀도 보인다.

나의 현재의 마지막 이미지의 모습이 심장 박동기의 전자음이 사라지고 초록색 선도 사라지는 모습이 마지막으로 비추고 있다.

상상의 시간 속에 세세하게 드러나는 현재의 나의 이미지는 진실된 부분과 거짓된 부분으로 나뉘어서 거짓된 현재의 이미지는 다시 불의 터널에서 불꽃으로 태워 없애야 이 불의 터널을 빠져나갈 수 있다.

과거의 거짓된 이미지가 모두 불에 타서 없어질 때까지 얼마나 과거의 방에 갇혀있어야 할지 모른다. 과거의 공간은 끝을 알 수 없는 길고 긴 복도 양쪽으로 원형의 작은 방들이 무수히 차곡차곡 포개져 있다.

과거를 지나서 터널 끝쪽에 자리 잡은 현재의 공간에는 셀 수 없을 정도로 많은 통로가 부채꼴 모양으로 뚫려 있고 통로 하나하나에는 작은 현재의 방들이 끝이 없이 차곡차곡 벌집 모양으로 쌓여있다.

현재의 거짓된 이미지를 불꽃으로 모두 살라버릴 때까지 억겁의 영원을 기다려야 할지도 모른다.

인간은 과거를 거쳐 온 현재에서만 삶이 연결된 생명으로 살 수 있을 뿐 인간에게 있어서 미래는 죽음 다음의 세상이다.

과거에 거짓된 이미지가 거울에 나타나지 않으면 바로 현재의 공간으로 옮겨갈 수 있으며 현재의 이미지가 거짓이 없고 진실된 이미지만 있다면 바로 불의 터널을 지나서 영원의 미래로 나갈 수가 있다.

나의 참된 이미지만을 채워진 상상이 불의 터널을 지나면 밝고 밝은 무색 빛의 공간으로 살포시 놓인다.

아주 고요한 빛의 공간에 눕거나 앉거나 서있거나 어느 것도 간섭하거나 지시하거나 방해하는 다른 이미지의 상상이 없다.

가고 싶다는 이미지 하나로 끝없는 밝은 공간을 마음대로 갈 수도 있다.

상상 속에 실려 온 참된 이미지의 양에 따라서 빛의 색이 다른 상상으로 미래의 공간에서 빛이 된다.

아주 밝은 미래의 공간에 놓인 상상은 모습은 없지만 빨간색 진빨강 주홍 자주 노랑 초록 연두 보라 셀 수 없는 수많은 색으로 빛나는 빛이 되어 아주 맑디맑은 밤하늘에 형형색색으로 총총히 빛나는 별이다.

우리를 바라보고 있다.

지금도…….

낙엽, 2018. ©

참나무는 소나무를 부러워하지 않는다

....

자동차 한 대가 교차하면서 지날 수 있는 아스팔트 길이 비스듬히 산기슭과 아파트 단지를 가르며 언덕 쪽으로 뻗어있다. 도시의 끝을 지나 농촌 길로 이어지는 검은 아스팔트 길에는 초등학교와 중학교가 나란히 손을 잡고 서 있다.

이따금 지나는 자동차들은 느리게 아주 느리게 교문 앞을 지나고 있다. 검은색 신호등 옆에는 흰 바탕에 빨간 테두리를 한 30이라는 제한속도 표시가 신호등보다 크고, 바로 위에는 카메라 눈이 사방팔방으로 눈을 부릅뜨고 있다. 가끔은 앞을 미처 못 본 자동차의 경적 소리에 산언덕 참나무 둥지에 든 새가 파드닥 놀란다.

산길은 바로 가파른 언덕으로 이어져 시작 길부터 한 걸음 한 걸음이 허헉헉 숨소리와 같이 오른다. 산언덕 평평한 오솔길에 쌓인 낙엽소리에 작은 송이 땀방울이 눈썹 사이사이로 숨는다.

산속 오솔길에는 아삭아삭 아기작 아기작 참나무 낙엽소리에 발등이 간지럽다. 떡갈나무와 신갈나무는 사각사각, 갈참나무와 졸참나무는 자작자작, 아사삭 아사삭 발걸음 소리에는 상수리나무와 굴참나무가 겨울을 기다리며 몸단장하는 얼굴이 보인다.

짙은 갈색으로 가을과 함께 있는 청설모 두 마리가 이 나무 저 나무 가지를 휘휙 날아다닌다. 도토리도 뚜두둑 낙엽으로 숨는다.

소나무 한 그루 두 그루가 띄엄띄엄 참나무 사이에 두툼한 허리를 드러내면서 서너 가지로 뻗은 팔로 참나무 가지를 밀어내느라 힘겹다.

언젯적인지는 모를 봄부터 온 팔을 진한 초록색 바늘잎 침으로 둘러치고서 지금 이 가을에도 초록잎 바늘이 날카롭다. 소나무 바늘잎에는 겨울을 맞는 바람 소리가 새앵생 울고, 하루살이도 보이지 않는다.

지나온 여름 태풍에 허연 뿌리를 통째로 하늘로 드러내고 상수리나무 가지 사이에 비스듬히 누워있는 소나무 바늘잎은 갈색으로 다 타버렸다.

　지난겨울 내린 눈에 꺾여버린 한쪽 가지가 참나무에 털썩 엉힌 채로 이따금 올라오는 산바람에 금방이라도 땅바닥으로 내동댕이쳐질 것처럼 위태롭다.

　떡갈나무 한 잎이 소나무 바늘잎에 앉았다가 스르르 미끄러지며 소나무 밑으로 내려앉는다. 굴참나무 상수리나무 가지가지는 여름 내내 가득 채웠던 초록잎도 내려놓았고, 뜨거운 햇살로 고이고이 익힌 도토리알맹이도 산 생명으로 돌려보냈다.

　바람 소리도 나지 않는다. 갈참나무 졸참나무에는 갈색 줄무늬 다람쥐 한 쌍이 살짝 비켜나온 앞니로 키 작은 도토리를 잎이 달린 통째로 여기저기로 내리쏘고 있다.

　내려오는 산길은 폭신폭신한 낙엽에 발바닥이 가볍다.

　참나무는 버리고 비운다.

　다시 오는 봄바람에 연두색 새싹이 향기롭다.

연잎, 2015. ©

남의 집에 왔으면 주인께 인사는 드려야지

흙 속에 자그마한 돌멩이들이 숨어서 살짝살짝 고개를 내밀고 있는 절로 올라가는 산길은 서너 사람이 같이 걸어도 부딪히지는 않는다.

산으로 향한 한쪽은 개갈색 산 흙에 나무뿌리가 하얗게 드러나 보이고, 계곡쪽은 한 길은 넘어 보이는 언덕배기에 망초 개망초 하얀 얼굴 미소가 햇살에 유난히도 맑다. 계곡을 급하게 내리치는 물소리가 흐르륵 흐르륵 아래로 아래로 밀어내린다.

커다란 직사각형으로 반듯하게 잘라낸 하얀 천 조각이 절로 오르는 산길 양쪽을 따라 야트막한 나뭇가지에 끝도 없이 걸려 있다.

산에도 시가 있다.

하얀색 머리카락이 어깨춤에서 말려 올라가는 노인은 검은 등산복 바지에 노오란 등산 재킷을 입고 한 손을 등산 스틱에 기대어 서서 시를 읽고 있다.

남자아이 손을 잡고 내려오는 젊은 엄마는 아이에게 쉼 없이 말을 건네고, 한 걸음 뒤처진 젊은 아빠의 등산 배낭에 걸터앉은 여자아이의 웃음과 마주친다.

언뜻언뜻 눈으로 들어오는 낯설지 않은 시인의 이름에 한 걸음 다가가 한 줄 두 줄 읽어 내려가면 머언 먼 시간으로 마음이 먼저 가 있다.

교문 양옆으로 늘어선 학생들 팔뚝에는 검은 바탕에 흰 글씨로 규율이라는 완장이 팔뚝보다 크게 보인다. 맨 뒤에는 허리까지 올라오는 규율 막대와 다른 손에는 머리 깎는 기계의 은빛 쇠 톱니가 입을 자악 벌리고 있다.

검은 모자 밑으로 쭈뼛 튀어나온 머리카락은 그 자리에서 바로 일자로 고속도로가 뚫리고 있다. 시 한번 읽으신 젊은 국어 선생님은 한참 동안 창밖만 보고 계신다.

산길은 조금씩 조금씩 바윗돌이 엉켜진 채로 한 걸음 한 걸음 옮길 때마다 무릎높이와 발걸음 폭이 다르다.

산 계곡물은 큰 바위를 돌아서지만 바로 앞 바위에 부딪히며 하얀 물방울로 하얀 앞치마를 두르며 콸카콸 아래 바위로 곤두박질한다.

계곡물은 바윗돌 사이사이를 돌아 돌아 흘러내리지만 조그마한 못에서는 잠시 머뭇머뭇하다가 이내 아래로 흘러내리고 폭포로 내리친 큰 못에 다다르면 한참을 쉬었다가는 다시 아래로 아래로 순간순간이 없이 그저 내려가기만 한다.

물살을 거스르는 송사리 한 떼가 꼬리질하고, 아주머니 발목까지 물이 넘실넘실, 아저씨 얼굴에는 땀 대신 물방울이 흘러넘친다.

바위틈을 비비고서 몸을 꼬는 작은 소나무 가지가 물가에서 숨을 쉬고 있고, 밤나무 아카시아 나무가 계곡물에 뿌리를 닦고 있다.

그래도 물은 잠시 머뭇머뭇하다 아래로 아래로 흐른다.

비가 내리지 않는 시간이 길어지면서 산이 타들어가고 계곡이 마르고 마르면 마지막 한 방울까지도 남기고 간다. 지금도 물은 아래로 아래로 흐른다.

산언덕으로 오르는 돌계단의 마지막 단 위에 서면 맞은편 계곡에서 올라오는 산바람이 재킷 지퍼를 다시 올린다.

조금 넓은 산비탈에 하얀 망초 개망초가 몸을 흔들고 구절초 넓찍한 얼굴에는 늦가을 잠자리가 잠을 자고 있다.

천 년이 넘었다는 늙은 은행나무에는 아직 떨구지 못한 노오란 은행잎이 마지막 몸부림치고 있다.

절로 들어가는 입구 오른쪽에서 절 안내판을 읽고 있는 초등학교 고학년이나 중학교 학생은 됨직한 남자아이와 보라색 등산 스틱을 양쪽으로 넣은 등산배낭을 멘 아버지가 말을 주고받고 있다.

아빠는 교회 다니면서 절에 들어가려고 해요.

남의 집에 왔으면 주인께 인사는 드려야지.

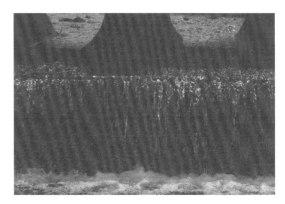

낯물, 2018. ⓒ

비가 오는 날은 창가에 앉아있고 싶다

    연한 회색에 진한 회색이 점점이 섞여있는 네모 비스름한 돌과 둥글넓적한 돌도 만든 징검다리가 한 십여 개 놓여있고, 냇가의 물살이 돌 사이사이를 요리조리 피해서 물속으로 자맥질한다.

    냇물은 아래로 아래로 쉼 없이 내려가지만 철없는 늦가을비가 물얼굴에 단풍잎을 떨구고 있다. 건너편 풀섶에는 청둥오리 두 마리가 푸른색 깃털과 잿빛 깃털을 둥그런 부리로 번갈아

닦아내면서 비맞이 한다.

징검다리를 건너 뚝방 길에 오르면 가을비에 흠뻑 젖은 주홍색 낙엽이 더욱 붉다. 길 한쪽으로 길게 서있는 벚꽃 나무는 맨살을 드러낸 채로 온몸으로 오는 비를 다 맞이하면서, 몇몇 가지 끝에는 아직도 보내지 못한 나뭇잎 서너 잎이 흐느적흐느적 온 얼굴로 비맞이 하고 있다.

우산을 접고 벚꽃 나무 옆에 서서 두 팔을 하늘을 향해 펼치면, 건너편 이십칠 층 아파트의 회색 벽에 차곡차곡 쌓인 직사각형 창문이 닫혀있다.

산책 나온 개도 사람도 안 보인다. 오직 냇가 깊은 물가에 푸른색 줄무늬가 쳐진 하얀색 우산을 높다랗게 받혀놓고 낚싯대를 던져 넣는 아저씨의 손질만 바쁘다.

뚝방 멀리에는 냇가를 가로지른 다리 위를 건너는 여섯 칸 기차가 가을비보다 느리게 북으로 남으로 가을비를 태워 나른다.

큰 키 작은 키 키재기하는 노오란 우산꽂이가 현관문 안 오른쪽에 놓인 카페에는 연갈색 향이 온몸을 휘감아 돌아서 이층 창가에 살며시 입맞춤한다.

투명한 유리로 양면을 채운 이 층은 창가 쪽으로 무릎보다 낮은 갈색 탁자와 밤색 소파가 가지런히 놓여있다. 창가 반대편 구석진 곳에는 탁자를 경계 삼아 여학생은 책과 한 몸으로 움직임이 없고, 컴퓨터의 빛이 남학생의 얼굴을 환하게 비추고 있다.

팔차선 가는 길 오는 길은 차아악 츠으윽 자동차의 물 채는 소리가 비 오는 소리보다 크다.

버스 정류장에는 나이 드신 아주머니가 오른손으로 흰색에 빨간 꽃이 피어난 우산을 받쳐 들고, 왼손에는 길게 접힌 노란 우산을 밑으로 세우면서, 버스에서 내리는 승객들과 몇 번이나 눈을 마주친다.

다음 또 그다음 버스를 기다리며 비를 흠뻑 먹은 노오란 은행잎을 피해서 서성서성 발을 구르고 있는 모습을 보면서 기억의 저장소로 여행을 가고 있다.

초등학교 삼 학년 수업은 오전반 오후반으로 진행되고 있다. 점심 무렵에 점점 어두워지던 하늘은 오후반 사 교시 중간쯤부터 창문에 부딪히는 빗방울 소리와 앞줄 아이들 소곤대는 소리로 사회시간은 선생님의 옛날이야기로 끝났다.

미리 우산을 가지고 온 학생들은 서로 먼저 나가려고 복도도 나가기 전에 신발을 바꿔 신느라 입구가 아이들로 꽉꽉 들어차고 들이치는 비에 내려가는 계단은 벌써 진흙덩이가 듬성듬성 묻어있다.

시키지도 않은 청소 당번으로 비와 시간 싸움을 시작한다. 이리 밟히고 저리 밟힌 진흙길 운동장을 가로질러 교문에 나오면 교문 기둥 양옆에는 검정우산을 든 젊은 엄마 파란 비닐우산 든 아저씨 빨간 우산을 쓴 아주머니 갈색 종이우산을 든 할머니가 아이들을 기다리고 있다.

저만치 앞에는 엄마 손을 꼭 잡은 어린아이가 총총총총 걸어가고 있다.

가방끈을 한쪽 어깨에 질끈 둘러메고 우산과 엄마 사이사이를 가르며 언덕 아랫길로 내달으면 얼굴을 때리는 빗방울에 눈이 더 따갑다.

그림자, 2018. ⓒ

백설공주는 왜 거울 속에 있었을까

산 둘레길은 저수지와 산언덕의 경계를 따라 저 멀리 보이지 않는 계곡과 계곡으로 주욱 이어져 있다. 갈색 나무색으로 만든 격자 모양의 난간이 저수지쪽으로 휘어지다가 다시 산언덕으로 휘감아 돌아가고, 사이사이 기둥 머리 위에 씌워진 은빛 고깔이 산등성이를 넘어온 햇살에 눈부시다.

상수리나무 잎과 굴참나무 잎이 발바닥을 간질 간지럼 피우고 군데군데 흩어진 상투모자 도토리가 발 뒤 끝에 미끈거리며 기우뚱하는 몸짓으로 나뭇잎에 파묻히며 온몸을 감싸 안는다.

계곡을 온몸으로 막아선 산속 저수지는 진하디 진한 푸른색이지만 중간중간 그늘진 곳은 푸른색처럼 검게 보이다가도 구름 사이를 방금 지나온 햇살이 군데군데 하얀 눈밭으로 눈을 감기운다.

이따금 꾸륵꾸륵 삐이익 쪼르르 이름 모르는 새소리가 물 위로 사르르 미끄러지지만 이내 물속으로 자지러든다.

산을 타고 내려오는 바람은 소나무 바늘 침 사이에서 길을 잃어버리고, 계곡을 오르는 바람은 산 언덕배기 벼랑길에 어지럽게 흩어져 산모퉁이 멀리로 숨어버린다.

손가락이 닿을 듯한 저수지 건너편에는 높게 솟은 갈색 참나무들과 붉디붉은 단풍나무들과 함께 사이사이에 푸른 잎 가득 짙어진 뾰족침 편백나무들이 길고 짧은 그림자를 물 위로 드리우면 저수지는 그 자리에서 그대로 물거울이 된다.

저수지와 산기슭을 길게 일자로 자른 물속에는 붉은색 노오란색 푸른색 초록색 가지각색이 서쪽 햇살에 더욱 빛나고, 이따금 스쳐가는 물새의 입맞춤에 사르르 흩어졌다 다시 모이면,

가을도 없고
산도 없고
저수지도 없고

사람도 없다.

물거울 속에 비치는 너무나 아름다운 얼굴을 사랑하면서, 긴 긴 그리움에 손을 내밀면 흩어지고 사라지는 안타까운 임을 만나기 위해 스스로 물거울이 되어버린 옛날 옛날이야기는,
산속 저수지에서 붉디붉은 단풍잎 물그림자로 다시 태어나고 있다.

복숭아색 재킷과 폭이 좁은 복숭아색 치마를 입고 자주색 구두에 검정 핸드백을 한쪽 팔에 걸친 오십 대 초반쯤 되어 보이는 아주머니가 백화점 쇼윈도 앞에 서있다.
자신의 몸을 이리저리 돌려보며 머리를 쓸어올리고 있는 백화점 쇼윈도 안의 마네킹으로 다시 살아있다.
건넛방에는 한쪽으로 이단 옷걸이에 듬성듬성 옷이 걸려있고 그 반대편에는 베란다로 나가는 긴 창문에 진한 노란색 커튼이 드리워진 사이사이로 쏟아지는 햇살이 투명하다.
한쪽 벽의 한가운데에는 부드러운 밤색 화장대 위에 네 면이 똑같은 정사각형 거울이 반듯하게 앉아서 창밖으로부터 내리쏟는 햇살을 맨 얼굴로 맞이하며 방 안 여기저기에 빛 그림자로 빛나고 있다.

새끼 고양이가 거울 앞에서 앞발톱을 세우며 거울 속의 고양이와 싸우고 있다.

네발로 펄쩍펄쩍 기어 다니는 어린아이는 거울 속에 나타난 친구와 손 맞춤하며 거울 뒤로 숨바꼭질한다.

아침 등굣길에서 마주치는 여학생의 이마 끝머리에서 대롱대롱 널뛰기하는 분홍색 머리 말기도 처음으로 거울 앞에서 다시 살아난다.

웃옷을 벗어젖힌 채 예 일곱 남학생이 양팔에 힘주며 거울 앞에서 몸운동 한다.

아주머니의 주름진 맨 입술 위로 분홍색 빨간색이 미끄러지며 거울 속으로 빠져들어가고 있다.

넥타이 매무새 곧추세우는 아저씨의 가운뎃손가락이 거울 속에서 더욱 크게 보인다.

검은 머리 사이사이로 흰머리 골라내시는 할머니의 손 주름이 거울 속에서 더욱 뚜렷하다.

머언 먼 옛날 옛날에서부터 만들어진 거울은 태양 빛을 비추는 하늘의 눈이다. 앞으로 올 일들을 예측할 수 있는 예언자이다.

그러므로 거울 속에는 시간이 죽은 어제와 시간과 함께하는 오늘과 시간이 살고 있을 내일이 함께 있는 신비의 물건이다.

시간을 지배하고 통솔하는 자의 물건, 신이 인간에게 준 신의 징표이다. 그래서 거울 속에는 신이 인간에게 준 시간표가 온전히 드러나 보인다.

모두에게 주어진 거울에 쓰인 시간표를 순간순간 확인하면서 내가 살아있음을 증명받는다.

거울 속에서 나는 언제나 웃고 있다.

거울 밖에 나타난 실주름은 살며시 감추어 버릴 수 있지만 거울 속의 주름은 감출 수 없다. 거울 밖의 흰머리는 검은색으로 바꿀 수 있지만 거울 속의 흰머리는 사라지지 않는다.

거울은 항상 그 자리에 정사각형으로 햇살을 맞이할 뿐이다.

거울 앞에서 거울을 보고 묻는다.
백설공주는 살았니 죽었니.
거울 속에서 백설공주가 말한다.
지금 보시는 것처럼 이렇게 아름답게 잘살고 있습니다.

햇살이 넘어간 산등성이로 검은 어두움이 성큼성큼 내려오면 저수지 건너편 산기슭에 드리워진 붉디붉은 단풍나무 그림자는 깊은 물속으로 사라져버린다.

소쪽 소쪽 새 울음이 어스름한 서쪽 하늘로 그믐달을 맞이하고 있다.

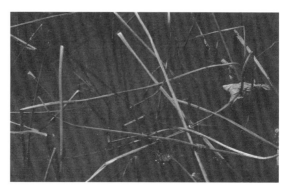

연못, 2015. ⓒ

🐾 우리 동네 산책길에 사람이 산다

막다른 길목과 마주치게 될 사차선 도로가 아파트를 에워싸면서 초등학교를 지나 중학교까지 둑길을 휘감아 돌면서 바로 경운기 길로 접어들어간다.

감자 고구마 넝쿨이 시멘트길까지 넘보고 빨간 고추나무 지지대가 일렬 삼렬로 줄 세워 있지만, 이내 경운기 시멘트 길도 산언덕 밑에서는 더 갈 곳이 없다.

이따금 군데군데 허물어진 과속방지턱에서 시멘트 조각이 자동차의 타이어에 튕겨 나오기도 하지만, 벚꽃 나무가 둑길 양쪽으로 하늘을 지붕으로 알고 길 따라 주욱 늘어서 있어서 4월에는 벚꽃축제도 열리지만 축제에 맞추어서 벚꽃이 휘둘러지게 핀 적은 거의 없다.

초등학교 앞에 있는 과속방지턱은 갑자기 멈추는 타이어 자국이 시꺼먼 머리카락을 날리고 있고, 바로 앞 아스팔트 바닥을 까까 먹은 자동차의 상처가 깊게 파여있다.

뚝방은 제법 높이가 있어서 이십여 개의 계단을 내려가야 냇가 바닥에 닿을 수 있고, 계단 가운데와 양쪽에 있는 어린이와 어르신들을 위한 은빛 스테인리스 난간에 유난하게도 햇빛이 찬란하다.

언덕배기에는 봄부터 늦가을에 이르도록 매일 매일 아침마다 피어나는 하얀색 연분홍색 진한 보라색 무궁화가 떼 지어 하늘을 향하고 있다.

뚝 언덕에는 끝이 보이지 않는 하얀 개망초 바다에 주황빛 금잔화가 섬처럼 군데군데 뉘여있다. 진보랏빛 코스모스는 외줄기 몸짓으로 붉디붉은 백일홍을 감싸며 푸른 하늘을 향해 오르려 한다.

계단 난간 바로 옆에는 한길 몸에 의지한 채 길쭉한 고개를 살짝 치켜든 동그랗고 노오란 해바라기의 해를 향한 옅은 웃음이 수줍다.

어린 아들은 농구공의 무게에 지쳐 농구장 밖으로 공을 내팽개치지만 젊은 아빠는 앞으로 뛰고 뒤로 달리며 농구공을 주워오기가 숨차 보인다. 운동기구에서 허리를 위아래로 굴리는 할머니의 얼굴이 마냥 즐겁다.

진한 주홍색으로 페인트가 칠해진 산책길은 냇가 가장자리의 난간을 따라 남쪽과 북쪽으로 주욱 이어져 있고, 바닥에는 자전거 길과 사람길이 하얀 페인트 줄로 나뉘어져 있다.

난간에는 이따금 개 목줄을 하지 않으면 과태료를 부과한다는 하얀색 현수막이 내걸려있고, 마지막 기회라며 좋은 아파트를 저렴하게 드린다는 초록색과 빨간색의 분양광고가 붙어있다.

주말 저녁때쯤에는 사람들이 어깨를 돌려가며 옆 사람이나 앞 사람을 피해가며 걸어야 한다. 행여나 개 목줄에 걸리지 않기 위해서는 이따금 널뛰기를 해야만 하고, 가끔은 등 뒤로도 눈을 돌려가면서 귀를 쫑긋 세우지 않으면 소리 없는 자전거와 발등이나 허리춤으로 쿠궁 하는 소리로 목청이 높아질 수도 있다.

팔십은 넘어 보이는 할머니는 검은색 마스크에 두 주먹을 위아래로 휘두르며 걷는다. 두어 걸음 뒤처져서 조금은 거친 숨소리의 할아버지는 마스크는 없지만 빨간 야구 모자를 쓰고 있다.

주홍색의 노란 세로줄이 그려진 등산복을 입은 아주머니는 뒤뚱뒤뚱 걸음걸이가 무겁다. 엄마의 손뼉소리와 뒤따르는 아빠의 웃음소리로 한 걸음 한 걸음 걸음마 하는 두세 살은 됨직한 어린아이의 꽃무늬 운동화에 장미꽃이 활짝 피었다.

교복을 입고 가방을 멘 남학생의 왼손에는 여학생의 오른손이 포개져 있다.

제법 쌀쌀한 날에도 회색 운동복에 남색 반바지를 입은 아저씨는 큰 숨을 몰아쉬며 사람들 사이사이를 쏜살같이 내닫고 있고, 듬직한 여학생은 까만색 긴 바지로 허벅지와 다리 위를 가득 채우면서 달려 나아간다.

오십 대 후반은 됨직한 아저씨 몸에서 나훈아와 조용필의 쉿소리가 까아악 까악 크윽클 쏟아 때리면 길가 나무의자에 앉아 있는 어린 쌍둥이 형제가 고사리 두 손으로 귀를 막고 있다.

아직 잠자리를 마련하지 못한 냇가의 청둥오리 한 쌍이 까아악 깍 날갯짓하고 물바퀴를 차며 어두운 밤하늘에 날아오른다.

하얀색 털복숭이 개 한 마리가 목에 줄이 없이 이 사람 저 사람 발등에 차이듯이 피해가고 때때로 엄마야 하는 외마디 소리가 늦은 주말 저녁을 놀라게 한다.

산책길에서 항상 만나는 오십 대 후반쯤 되어 보이는 아주머니는 언제나 시멘트 바닥 산책길 아래만 쳐다보며 한 걸음 한 걸음 힘들게 걷고 있다.

검은색 점퍼에 색 바랜 청바지를 입고 검은색 운동화를 신었다. 오른쪽 손이 안으로 굽어져 있고 오른쪽 다리 쪽으로 기우뚱 기우뚱 한 걸음 한 걸음이 무겁고 무겁지만, 그 자리에 그냥 멈추어 서있는 모습을 한 번도 본 적이 없다.

그다음 날도 그 시간에 눈은 시멘트 바닥에 꽂혀있고 검은색 점퍼를 입고 색 바랜 청바지에 검은색 운동화로 걸음걸음 무거운 다리를 옮기고 있다.

한참 만에 산책길에서 마주친 그 아주머니의 오른손은 곧게 펴져있고 오른쪽 발걸음은 예전보다는 훨씬 가볍게 옮기고 있다.

분홍색 바탕에 흰 줄이 가로지르는 삼색 운동화가 어두움을 가르는 등대 빛처럼 빛난다. 다시 볼 때는 붉은색 등산복 점퍼에 연한 밤색 바탕에 주홍색 줄이 아래로 뻗어내리는 등산바지를 입은 아주머니를 산책길에서 다시 만날 수 있을 것 같다.

검은색 흰색 마스크로 감싸버린 얼굴들과 말을 나눌 줄 모르는 목줄 없는 흰색 털북숭이 개가 우리 동네 붉은색 아스팔트 산책길에서 매일 만난다.

하얀 꽃잎에 노오란 꽃술이 만나는 계란꽃 개망초는 오늘 밤도 분홍빛 벚꽃 사이를 헤집는 바람과 함께 가느다란 몸뚱이를 풀섶에 눕힌다.

오늘 밤도 별은 머리 위로 쏟아지고 있다.

3
더불어 함께

우리

관계 나와 너

권력 사랑 배려

법 차이와 차별

공동체와 질서 사회와 문화

도덕

믿음 약속

문, 2015. ©

창문은 상하좌우로 열린다

길게 내려쳐진 연두색 커튼 틈 사이로 희끗희끗 날 밝음이
온 방 안을 맴돌기 시작하면, 검은 밤에 사로잡힌 감긴 눈꺼풀
사이에도 살포시 내려앉는다.

놀란 두 눈이 아침빛에 눈이 부시고, 검은 밤을 살라먹은 아
침 햇살이 한 방 가득하다.

그래서 휴일에는 잠 깨우는 휴대폰 알람과 손가락 싸움을 하
지 않아도 눈이 제 시간인 줄 알고서 스스로를 일으켜 세운다.

세로로 길게 드리워진 연두색 커튼은 양쪽으로 열리면서 창문틀 양 끝에 매달린 두 끈으로 살며시 붙들어매 놓으면 스스로 힘에 겨워 종일 그대로 매달려 있다.

하얀 틀로 둘러싸인 안쪽 창문을 왼쪽으로 반쯤 열고 오른쪽으로 반쯤 열면 검은 테를 두른 금속으로 만들어진 바깥쪽 창문은 스르르 스르르 왼쪽으로 가고 스윽 스윽 오른쪽으로 가서 제자리에 반듯하게 자리를 잡고 서있다.

왼쪽으로 반쯤 열린 창문에서 마주 보이는 건너편 아파트의 창문은 오른쪽으로 반쯤 열려있어서 짙은 자주색 커튼이 살짝살짝 바람과 숨바꼭질한다.

위층의 창문은 왼쪽으로 활짝 열려있어서 하얀색 커튼이 창 밖에까지 휘날리고, 책꽂이 위의 책이 살짝 보인다. 바람이 손바닥에 실릴 만큼 양쪽으로 살짝 열린 창문에는 이따금 아저씨가 얼굴을 내밀고 왼쪽 오른쪽으로 고래를 돌려보고 있다.

사람이 살고 있는 건지 아니면 새로운 사람을 기다리고 있는 건지 알 길이 없는 아래층 양쪽 창문은 항상 닫혀있다. 언제 열릴 줄 모르는 창문에도 햇살이 찾아들고 어두움이 밤이 스며들고 있다.

때때로 자동차 소리가 들어오는 오른쪽으로 열린 창문에서는 네 개의 차선이 있는 아스팔트 길이 뚝방 길을 따라서 옆으로 길게 누워있다.

키가 큰 은행나무가 줄지어 서있고 그 사이사이에는 측백나무가 한두 그루 끼여있다. 노오란 은행잎이 바닥에 깔려있고 은행알을 밟지 않으려는 학생들의 몸짓이 멈칫멈칫하며 좌우로 흔들린다.

냇가 쪽 둑길에는 벚꽃 나무가 눈 닿는 데를 넘어서 이어져 있다. 봄날에는 진분홍색 꽃 터널 아래로 어린 딸을 앞세운 젊은 부부의 눈웃음이 밝게 빛난다.

오른쪽 방향에서 그리 멀지 않은 곳에 삼각형 산봉우리 위의 철 기둥을 엮어 올린 고압 송전탑이 하늘을 찌르고 있다. 고압 전기선이 이 산꼭대기에서 저 건너편 산등성이로 이어가면서 서쪽 햇살이 다섯 줄 전기선 위에서 하얗게 눈부시다.

마을로 이어진 고압선 맨 위의 가느다란 선 위에서 산비둘기 한 마리가 제 몸을 쥐어뜯고 있다.

아파트 창문에서 정면으로 조금 떨어져서 중학교 창문들이 나란히 위아래로 줄지어 창틀에 매달려 있다.

가운데 큰 직사각형 창문은 왼쪽 오른쪽으로 열려있고, 가운데 창문을 지탱하는 위쪽의 작은 창문과 아래쪽의 작은 창문은 위쪽으로 열린 것도 있고 아래쪽으로 열린 것도 있다.

서너 명의 남학생들이 활짝 열린 가운데 창문에서 꽃밭 정리하는 학생들과 소리치며 손짓하고 있고, 두 번째 떨어진 창문에는 여학생이 혼자서 창밖 멀리 붉어지는 서쪽 하늘을 바라보고 있다.

가운데 창문을 꼭 잠근 채로 창틀 위에 서서 위쪽 작은 창문을 여닫으며 바쁘게 손놀림하다가, 다시 아래쪽 작은 창문으로 얼굴 내밀고 호호 불면서 한 학생이 유리창을 닦고 있다.

저녁으로 넘어가는 서쪽 햇살이 유리창에 부딪히면서 발그스레한 그림자를 운동장에 흩뿌리고 있다.

창문을 작게 열면 작은 밖이 보인다.
창문을 크게 열면 큰 밖이 보인다.
창문을 왼쪽으로 열면 하얀 건물이 보인다.
창문을 오른쪽으로 열면 초록색 나무가 무성하다.
창문을 위로 열면 위가 보인다.
창문을 아래로 열면 아래가 보인다.

아침 햇살은 따스하면서 차갑다.
창문을 열어야 햇빛이 들어온다.
바람이 들어온다.
오늘 아침에도 살아있는 모든 것들에 감사한다.

진달래, 2015. ©

얼굴도 다르고 생각도 다르다

버스 정류장에서 버스를 기다리는 사람들의 얼굴은 모두 다르다.

지하철에서 지나치는 사람들의 얼굴 모습도 같은 사람은 찾아볼 수 없다.

뉴욕의 맨해튼 길거리나 아프리카 케냐의 초원에서 만나는 사람들의 얼굴 모습도 모두 다르다.

얼굴의 생김새가 큰 사람 작은 사람 둥그런 사람 넓적한 사람

세모형인 사람에서부터 검은색인 사람 흰색인 사람 황색인 사람 갈색인 사람에 이르기까지 다 다르다. 눈썹의 밤색 갈색 검은색 흰색으로부터 생김새와 크기, 눈과의 간격이나 위치에 이르기까지 같은 사람은 없다.

코와 입의 모양이나 크기 색깔에서부터 얼굴에서 차지하고 있는 위치나 공간의 배분에 이르기까지 모두가 다르다.

인류가 지구상에 태어나서 수십만 년을 지나온 현재까지도 인간은 모두 다르게 창조된 자연물이며, 시간에 매달려서 생명을 이어가며 살아가고 있다.

그래서 신의 이름을 빌어서,

인간은 신이 창조한 최고의 예술품이다.

어느 무엇과도 같지 않고 다르다는 것이 예술작품 창작의 출발점의 하나라는 것은 인류의 문화발전과정과 남겨진 문화적 유산을 통해서 증거하고 있다.

예술작품은 창작되는 것이 아니라 무수한 자연물에서 다름을 발견하는 것이라고 말할 수도 있다. 너와 내가 다르고 이것과 저것이 다르다는 서로의 차이를 발견하는 것이고 차이를 발견하는 힘은 생각에서 온다.

얼굴은 볼 수도 있고 만질 수도 있는 실체적 사물이지만 생각을 만질 수 있거나 볼 수 있는 사람은 없다.

생각은 실체적으로 존재하는 사물이 아니라 살아가면서 만들어지고 쌓여가는 정신적이며 심리적인 이미지의 집합체이다.

생각은 부모와의 인연으로부터 생기기 시작해서 세상 밖에서 배우는 체험과 교육에 의해서 만들어진다.

시간과 함께 쌓여가면서 모든 사람의 얼굴이 다른 것처럼 다른 환경과 문화와 다른 교육에 의해서 모든 사람에게 다른 생각이 자리 잡게 된다.

그래서,

인간의 생활 모두를 지배하게 된다.

생각이 모든 사회 문화적 환경에 의해서 습득되고 결정되면서 만들어지는 것이 상식이다.

그 시대를 사는 모든 구성원들이 그 사회에서 경험하고 교육받으면서 만들어지는 공통의 생각이 상식이라는 가치기준이다.

그 사회의 공동체에서 인정되는 가치기준의 상식이 인간중심이라는 관점에서 건강한 공동체인가 비인간적인 문화성 또는 인간의 존엄성을 측정하는 저울이 되기도 한다.

상식을 아래로 벗어나면 사회적 비난을 받기도 하고 위로 지나쳐가도 비판을 받는다.

그 사회가 진보적 사회로 지향하는 것인가 보수적 사회로 지

향하는 것인가 하는 앞으로 다가올 사회를 예상할 수 있는 중요한 요소가 될 수도 있다.

또한, 생각은 차이로부터 태어나서 차별을 낳는다.

나와 너라는 차이에서 차별을 만들고 여기와 저기라는 차이에서 차별을 만들며, 있다와 없다라는 차이에서 차별을 생각한다. 여자와 남자라는 차이에서 차별로 벽을 쌓는다.

차이는 창조를 낳지만 차별은 파멸을 낳는다.

차이는 인간의 얼굴이지만 차별은 동물의 얼굴이다.

차이는 서로 사랑하지만 차별은 서로 미워한다.

차이는 서로 관계를 맺지만 차별은 서로 벽을 쌓는다.

차이를 인정하고 배우면 미래가 있다.

차별을 인정하고 배우면 미래가 없다.

그래서 한 나라의 교육이 그 나라의 미래를 결정할 수도 있다.

얼굴이 자연적이면 생각은 인공적이다.

얼굴이 선천적으로 타고나는 것이면

생각은 후천적으로 습득되는 것이다.

얼굴은 다 다르고 생각도 다 다르다.

다르다는 것은 좋다 싫다가 없다.

다르다는 것은 선하다 악하다가 없다.

다르다는 것은 아름답다 흉하다가 없다.

다르다는 것은 귀하다 천하다가 없다.

다르다는 것은 예쁨도 없고 미움도 없다.

다르다는 것은 여자냐 남자냐도 없다.

다르다는 것은 돈이 없다 돈이 있다도 없다.

다르다는 것은 여기 사느냐 저기 사느냐도 없다.

다르다는 것은 나이가 어리냐 많으냐도 없다.

다르다는 것은 어리석음도 똑똑함도 없다.

얼굴도 변하고 생각도 변한다

폭포, 2017. ©

그래도 시냇물은 흐른다

산허리에서부터 갈라져 내려오는 길은 작은 바위와 큰 돌을
건너뛰어야 하는 울퉁불퉁한 계단이 한참 아래로 비스듬하게
이어져있다.

한 걸음 한 걸음 내디딜 때마다 무릎이 저려온다. 두 손에 의
지한 자주색 등산 스틱이 바윗돌을 딸그락 딸그락 두드리면 건
너편 산속 새들이 삐리릭 후루룩 까악 까아 장단을 맞춘다.

바위틈 사이로 온몸을 꼬이고 꼬여서 하늘을 향해 기지개 켜는 작은 진달래꽃 서너 줄기가 연한 분홍빛으로 하늘과 입맞춤한다.

땀방울을 방울째로 날려버린 으스스한 산바람이 등산 재킷의 지퍼를 올리는 중이다.

발에 걸리는 돌이 점점 작아지면 작은 돌무덤 밑에서 물 한 방울이 또르르 뛰어내리고 굴러떨어지면서 두 방울 세 방울이 모이고 모여진 아주 가느다란 실개천이 돌 틈 사이사이와 바위 밑 모퉁이에서 졸졸졸졸 조잘대며 내려가고 있다.

큰 돌에 부딪히면 돌아가고 작은 돌은 넘어가면서 밑바닥으로는 작은 모래알을 밀어가면서 아래로 흘러간다.

작은 웅덩이에선 두어 바퀴 빙그레 돌면서 머물러 있다가 새로 만난 또 다른 친구들과 힘을 합쳐서 돌무덤을 넘기고 바위 바닥 쓰다듬으며 아래로 아래로 달음질친다. 물 몸뚱이가 제법 커지면 흘러가는 소리도 콸콸콸 우렁차고 웬만한 돌무덤은 쉽사리 넘어가면서 커다란 연못 웅덩이에서 위아래로 들락날락 맴돌기 한다.

햇살이 들었다 나갔다를 쉼 없이 해도 친구들이 올 때까지 기다리고 또 기다리면서 재잘재잘 재잘대며 웃고 있을 때 작은 꽃사슴 한 마리와 어미 사슴이 고개를 두리번두리번거리며 물을 마시고 있다.

하얀 소나무 뿌리를 적시며 흐르는 물은 진초록 바늘잎을 살

려내면서 아름드리 몸으로 시간 가는 줄 모른다. 상수리나무 도토리에 담긴 물은 다람쥐 꽃사슴이 아침으로 목축이며 젖샘에 숨겨두었다. 새끼 다람쥐 살찌우는 생명이 살아있는 물이다.

작은 언덕배기에 모여 사는 구절초 개망초는 땅 밑을 적시는 촉촉한 물 한 모금으로 하얗고 노오란 꽃잎을 자랑스럽게 푸른 하늘로 내밀고 있다.

큰 웅덩이를 내려오는 물은 길이 없으면 높은 바위 언덕을 서슴없이 뛰어내리며 하얀 비단 치맛자락을 펼쳐서 아래로 사뿐히 흘러 앉는다.

산 계곡을 오르는 산바람에 하얀 삼단 치마폭이 바위를 휘감아 돌아 비단 속살을 감추면서 아래로 춤추며 흘러내리면 물보라 물방울이 하늘 가장자리로 뛰어올라 참나무 나뭇잎에 맑디맑은 이슬로 총총히 내려앉는다.

한쪽 낮은 둑으로는 텅 빈 논으로 이어지고 한쪽 높은 둑으로는 참깨 고구마 잎 무성한 밭이 촘촘하게 붙어있다.

억새끼리 부딪치며 하얀 머리를 푸른 하늘로 휘날리고 있는 시냇가 한쪽에는 나이 드신 할아버지가 낚싯줄에 미끼를 끼우면서 물속에서 숨바꼭질하는 붕어 떼를 쫓아가는 눈초리가 사르르 떨리고 있다.

건너편 물가 둑에는 구명튜브와 구명밧줄을 걸쳐놓은 기둥에서 은빛 햇살이 무척이나 눈부시다.

넓고 긴 다리 위에는 자동차 소리가 시끄럽고 이따금 기차도 크렁크렁 철길을 지나가면 오 층 아파트 창문 닫는 소리가 은근하고, 철탑 위 고압선에서는 위웅웅 전기 오는 소리가 귓가를 어지럽힌다.

냇물은 흐름을 잊어버리고 며칠 낮밤을 지새우며 흘러내려갈 날을 세고 있으니, 바닥은 이미 시커먼 흙탕물로 자빠져있고 송사리 한 마리가 숨 가쁘게 지나가다 흙탕물 속으로 가라앉고 있다.

냇가를 가로질러 그리 높지 않은 콘크리트 둑으로 제 색깔을 잃은 물살이 넘어가면서 숨을 헐떡이고 있다.

물은 바다를 알지 못한다.
지금 어디에 있는지조차 알지 못한다.
물은 자기의 얼굴도 알지 못한다.
머무는 곳이 곧 자기의 얼굴이다.
물은 잠시 머물러서 내어줄 것 모두를 내어줄 뿐이다.
자기가 갈 곳을 잊어 본 적이 없다.
물은 아래로 아래로 내려가는 것만 알고 있다.
작고 좁게 시작해서 씨앗을 키우고 크고 넓게 많은 생명을 위해서 아래로 아래로 내려가고 있다.

물은 흐른다.
바위를 만나면 돌아서 흐르고
돌부리를 만나면 넘어가면서 흐르고
길이 없으면 폭포로 흐르고
시간을 물어보지 않고 흐르고
모이면 쉬면서 흐르고
많으면 같이 흐르고
전부를 내어주며 흐르고
바다로 흐른다.
그래도 시냇물은 흐른다.

억새, 2017. ⓒ

바람이 불어야 억새 소리가 난다

    한가운데 솟아오른 하얀 꽃수술 머리 위로 벌 한 마리가 쉴 새 없이 날갯짓하고 있는 여섯 잎 보라색 도라지꽃이 밭고랑 사이에도 엉켜져 하늘하늘 피어있다.

    밭둑으로 이어진 작은 산길 위 야트막한 언덕배기에는 축축 꺾어지고 뒤엉킨 산 잡초가 동그맣고 작은 무덤을 감싸 안으며 온몸으로 햇살을 맞이한다.

무덤 뒤 둔덕을 따라 가느다란 줄기에 갈색 잎을 길게 늘어트린 억새 떼 하얀 꽃술이 오후 햇살에 은빛 얼굴로 눈이 부시다.

눈부신 하늘색 햇살에 차마 눈을 마주치지 못하는 키가 큰 억새는 홀로 고개를 숙이고 위를 바라보고 있는 작은 억새와 등을 비비고 있다.

저만치 도라지 밭고랑에서 보라색 꽃잎을 옆으로 흔드는 들바람에 길을 안내하는 작은 풀이 밭둑길에 납작 엎드리며 몸을 숨기고 있다.

무덤 위 산 잡초 갈라진 잎이 위아래로 날개를 퍼득퍼득 펴면서 들바람 틈에서 몸서리치면, 어느새 억새풀 하얀 꽃술이 한 떼로 흔들흔들 얼굴 부딪히고, 등과 등을 스치면서 가슴과 가슴으로 얼싸 안은 채 온몸으로 뜨겁고 붉은 햇살을 받아들인다.

햇살로 빛나는 억새잎 사이사이로 스치는 산바람에 억새가 외마디 소리로 목넘이 한다.

민들레 하얀 홀씨는 바람을 타고 또 다른 세상으로 여행을 간다. 진노랑 송홧가루는 이 나무 저 나무를 지나서 이산과 저 건너 산으로 바람과 바람으로 옮겨 다닌다.

푸른 하늘을 나는 새는 이 바람 저 바람 사이사이를 비집고 날갯짓한다.

하늘을 그리는 하얀 구름과 검은 구름도 바람에 떠밀리며 여기저기에 살아나고 또 죽음으로 사라지고 있다. 비행기는 바람을 믿고 앉으나 서나 이 땅 저 땅으로 여행을 안내한다.

오징어 연, 방패 연 날리는 어린아이도 바람으로 얼레질 하며 실타래를 풀었다 감았다 한다.

검고 가는 긴 머리가 이마에서 눈가로 흘러내리면 손가락 사이로 끼워 넣어진 머리카락이 바람으로 흩날리며 뒷목으로 날개를 편다.

바람이 살을 애이고 뼈에 닿으면 추위에 몸서리친다. 바다가 바람을 만나면 파도가 높고 바람에 바람을 더한 태풍이 온 땅을 물바다로 밀려오고 산언덕 엎어지며 온 산 온 나무를 쓸어내리며 냇가를 메우고 논밭을 덮어서 들인지 산인지 물속에 잠들어있다.

불붙은 산과 들에는 도깨비 바람이 이 산 저 산으로 불덩이를 실어 나르고, 검은 연기 푸른 하늘 잡아먹고 바람 타고 높이 높이 날아서 잿빛 태양이 구름에 걸려있다.

바람은 얼굴도 없다.
바람은 몸뚱이도 없다.
바람은 색도 없다.
그래서 바람은 볼 수가 없다.
다만 바람은 느껴질 뿐이다.
맨살이 느낀다.

바람으로 받고 바람으로 다시 주면서 관계를 맺는다.

바람이 불어야 죽으면서 살아난다.

억새 하얀 꽃술이 앞뒤로 휘청휘청 흔들리며 파란 하늘에 흰 꽃비를 내리고 있다.

민들레, 2017. ©

혼자는 외롭고 둘은 고독하다

연두색 커튼 사이에서 햇살 하나가 방긋 눈짓하며 눈꺼풀 위에서 간지럼을 태우고 있다. 어젯밤 어두움은 벌써 뒷문으로 사라져버린 지 한참 되었고 조그마한 방 안에 오늘 아침이 가득하다.

어제 아침이나 그제 아침이나 오늘이라는 이름표로 바꿔 달았을 뿐 마주 보이는 벽에 걸린 동그랗고 하얀 벽시계 소리는 높고 낮음에 차이가 없이 똑 똑 똑 긴 초침만 바쁘게 돌고 돌고 다시 돌아서 오늘로 태어난 그 자리를 다시 지나고 있는 중이다.

침대 머리맡에 놓아둔 휴대폰을 집어 들고 날씨와 미세먼지를 확인하는 것은 오른손에 입력된 스스로의 본능적인 잠깨기이다.

등 밑에 전해오는 따스한 전기와 이불 속의 전기온기로 인해 전기 위에서 잠을 편안하게 잘 수 있구나 하는 낯선 생각을 잠시 하면서 입술이 혼자 웃는다.

이불이 반쯤 걷힌 침대 위에서 맨다리 드러내고 길게 엎드려 팔을 굽혔다 폈다로 오르락내리락 하다 보면 힘없는 숨소리에 털썩 엎어지고 다리 뻗기 팔 올리기 허리 돌리기로 침대 운동이 막바지에 이르면 텔레비전에서도 아침 뉴스가 거의 끝나고 있다.

빠알간 하트 모양 안에 Happy bear가 쓰인 분홍 파랑 노랑 하트가 그려진 극세사 잠옷을 입고 연두색 커튼을 양쪽으로 휘익 걷어내면서 창문을 반쯤 열어젖히면 오늘 아침 바람이 온몸으로 스며들고 오늘 아침 태양이 온 방 안을 주홍빛으로 가득 채운다.

프라이팬에 올려진 두 조각의 식빵이 노릇노릇 까뭇까뭇 뜨거워지면 프라이팬 가운데에서 달걀의 노른자가 흰자위로 슬며시 흘러 넘어와 몸과 몸을 섞어가며 한 몸으로 식빵 사이에 뒤엉켜있다.

노란 메주콩만 한 진한 갈색의 커피 원두가 손으로 빙빙 돌리는 분쇄기 안에서 갈갈 가갈 조그만 나무통으로 미끄러져 내려와 예쁜 갈색 가루로 쌓이고 있을 때쯤이면 쇠 주전자에서 물 끓으며 올라오는 김이 휘이익 휘이익 부르는 소리가 맛으로 다가오고 있다.

처음 물은 살짝 커피를 적시는 정도로 붓고서 열을 세며 기다리면 은은하게 올라오는 커피 향이 입술 먼저 살짝 입맞춤한다.

에프엠 방송에서 바이올린 협주곡이 시작되면서 오늘 아침도 작은 노트북 화면에는 네이버에서부터 다음을 거쳐 구글에 이르기까지 인터넷 검색이 시작되고 있다. 미리 선택된 신문사와 방송사 별 뉴스 제목 하나하나를 스캔하면서 읽어볼 만한 내용은 자세한 기사에 찾아들어가서 댓글까지 확인한 후에야 다시 다음 뉴스로 넘어간다. 미끼에 끌려 충동적으로 클릭한 뉴스 아닌 뉴스에 가끔 짜증 섞인 혼잣말이 튀어나온다.

스포츠에서도 프로야구에서 안타 치고 여자배구에서 스파이크하면서 농구 골망으로 덩크슛을 때리고 축구장 넓은 잔디밭에 그냥 누워서 하늘만 바라보고 있다.

아주 가끔 영화를 클릭하는 것은 연예인을 보기 위해서가 아니라 관심이 가는 영화를 검색하면서 영화관까지 들어가서 좌석을 예약하고 방 바깥세상을 만나러 간다.

버스 정류장에는 초록색 야구모자에 알아보기 어려운 영문 자가 쓰인 파란색 모자를 눌러쓴 오십 대 아저씨가 고개를 빠 끔히 내밀며 보이지 않는 버스를 바라보고 있고, 젊은 여자는 조금은 연한 밤색 긴 머리를 오른쪽 머리는 뒤로 넘기고 왼쪽 머리는 앞으로 늘어뜨린 채로 휴대폰 좁은 화면에서 손가락을 두드리고 있다.

버스 카드가 삐 삐 돈을 확인하고 있어도 운전기사 아저씨는 손가락 군데군데에 검은색으로 변한 흰 장갑 낀 손으로 앞 유 리창만 닦고 있다.

버스 안에는 졸고 있는 아주머니와 고개 떨구고 바닥만 쳐다 보고 있는 할머니가 앉아있고, 둘이 나란히 앉아있는 아저씨는 창밖으로 무언가 열심히 찾고 있고 아주머니는 운전기사 앞 창 문으로 들어오는 큰길의 자동차 긴 줄을 세고 있다.

맨 뒤 좌석 구석에서 휴대폰과 말싸움하는 어린 남학생이 눈 에 들어온다.

점심시간이 조금 지난 이른 오후지만 맥도날드 안에는 빈 테 이블이 눈에 쉽게 들어오지 않는다.

창가 쪽에는 작고 네모난 테이블을 사이에 두고 청바지를 입 은 젊은 남자는 노트북에 눈이 바쁘고, 회색빛 가디건을 걸친 젊은 여자는 휴대폰과 손가락 대화를 하고 있으면서 가끔은 바 로 앞 남자를 힐끗힐끗 쳐다본다.

가운데 넓은 테이블에 앉아서 프렌치후라이드 감자 칩을 손으로 만지작거리는 아주머니는 갈색 선글라스를 끼고 있고, 바로 옆에서 콜라를 마시는 아저씨는 한 손에 신문을 펼쳐 보이고 있다.

반대편 창가에는 책가방을 옆 의자에 팽개쳐두고 두 여학생이 손을 흰 종이에 열심히 쓰면서 이따금 한마디씩 주고받는다.

창가 쪽으로 이어져 있는 턱받이 테이블은 햄버거 한 입 씹으면서 혼자 앉아서 밖을 볼 수 있어서 아주 편안하다. 투명한 유리창 사이로 밖과 안이 나뉘어져 있지만 안에서는 마음대로 밖으로 나갈 수 있어도, 밖에서 안으로 들어오는 것은 아무에게나 허락되지 않는다.

안에는 일 인용 테이블과 이 인용, 삼 인용, 사 인용 테이블로 나뉘어져 있지만 누구나 일 인용 테이블에 앉아 있을 수 있다.

아이스크림을 먹는다.

햄버거를 먹는다.

커피를 마신다.

프렌치후라이드 감자 칩을 먹는다.

누구나

테이블에서 먹는다.

어두움이 내려오고 밤으로 이어가면서 방 안의 천장과 방 바닥까지 시커먼 어둠이 짓누르지만 인터넷 화면 속에서 살아 움직이는 디지털 빛이 방안의 구석구석까지 세상에 있는 모든 빛을 쏟아붓고 있다. 빛 한가운데 내가 있고 네가 산다.

붉은 햇살이 연두색 커튼 사이로 오늘 아침을 다시 열고 있다.

꽃, 2018. ⓒ

🌸 들국화는 꽃이 아니다

왼쪽으로 꼬부라진 길은 이내 오른쪽으로 다시 휘어지며 산기슭으로 이어지는 산비탈 논둑길에까지 나란히 나란히 누워있는 논에는 한참 가을걷이 중이라 듬성듬성 가을이 내려앉았다.

바삭바삭 부스러지는 콩잎 사이로 서로서로 부둥켜안은 콩깍지가 가느다란 콩 줄기에 매달리며 발걸음마다 일어나는 바깃바람에 흔들리고 있다. 이따금 철모르는 갈색 메뚜기가 폴짝폴짝 이리 뛰고 저리 날며 고개 숙인 벼 이삭을 무겁게 만들고 있다.

산기슭에 다다르기도 전에 주황색 황톳길이 코끝으로 먼저와 닿는다. 서너 사람이 함께 걸어도 됨직한 산언덕 둘레 길은 산 언저리와 짧은 계곡과 긴 계곡을 이어 이어서 저만치 산허리로 끊어졌다 이어졌다로 숨바꼭질한다.

양말을 운동화 속에 끼우고 운동화를 앞뒤로 흔들며 하얀 발 바닥 살을 드러낸 어린아이의 발걸음에도 황토색이 묻어난다.

황톳길을 따라서 같이 가고 있는 아름드리 참나무에서 도토 리 한 알이 머리 위에서 튕겨져나가면서 황톳길에 떼구루루 굴 러서 길옆 야트막한 도랑에서 쉬고 있다.

머리를 길게 양쪽 어깨 사이로 땋아 내린 젊은 여자의 허리 춤에 동여맨 초록색 등산 재킷 자락이 등 뒤 아래 춤에서 펄럭 펄럭 이고 있다.

온전히 책에만 눈을 마주치고 블루투스 하얀 두 줄이 귀속 에서 소리 없는 황톳길을 걷고 있다.

산속 길은 두세 차례 오르막 내리막을 지나고서야 서향받이 태양 밭에 온통 새하얀 들국화가 산바람에 이리 흔들 저리 흔 들 온몸으로 가을 햇살을 얼굴로 입맞춤한다.

동네 얕은 언덕배기, 끈 풀린 강아지의 조금은 수줍은 뒷발 짓에 후들쩍 놀라 몸을 눕히는 길가 풀밭, 온낮 온밤을 물소리 가 흐르는 개울가 풀섶, 자동차 기름 냄새 배어나는 아파트 빈 화단, 흙이 패인 산기슭 비탈밭, 느티나무 그늘 끝 논두렁, 쓰레기 냄새 넘쳐나는 검은 비닐봉지 사이에서도 들국화는 피어난다.

조그맣고 동그란 들국화는 따가운 가을 햇살을 온몸으로 들이마시며 하얗고 노오란 숨을 내쉬고 있지만 들국화는 꽃이 아니다. 들국화는 꽃이 없다.

날씬하고 큰 키의 한 몸으로 여러 개의 머리 위에 작고 하얀 실꽃잎과 노오란 눈방울이 초롱초롱한 망초.

키는 작아도 하얗고 길고 가는 겹겹의 꽃잎과 더욱 진한 노란색 꽃술이 있어 달걀 꽃이라는 개망초.

키는 작지만 길고 넓은 꽃잎이 조그마한 진노랑 꽃술에 듬성듬성 연보라색, 연분홍색, 하얀색으로 피어나는 쑥부쟁이.

진한 보라색이거나 하얀색 꽃잎이 다소 넓어 보이며 꽃잎 끝이 살짝 갈라져 있고, 엇비슷하게 갈려서 노오란 꽃술에 촘촘하게 오므려들듯이 솟아있는 구절초.

연보라색으로 길고 넓은 꽃잎이 겹겹이 층으로 노오란 꽃술에서 솟아오르듯 돋아나는 우리나라 특산 야생국화인 벌개미취.

내 꽃 니 꽃 하며 어우러져 더불어 뿌리를 내리는 들밭 세상에는 따스한 햇살이 둥그런 하늘을 따라 작은 꽃가지와 잎새 사이에도 빈틈없이 골고루 빛 가루를 뿌리고 있다.

나는 망초

개망초

쑥부쟁이

구절초

벌개미취.

　나는 개미취, 갯미취, 울릉국화, 낙동구절초, 포천구절초, 서흥구절초, 남구절초, 한라구절초, 미국쑥부쟁이, 산국, 감국, 참취, 캐모마일, 데이지, 나무쑥갓, 금계국, 까실쑥부쟁이, 가는쑥부쟁이, 개쑥부쟁이, 가새쑥부쟁이, 해국, 금불초입니다.

길, 2016. ©

길 위에서 뒤를 돌아본다

    지하철에서 지상으로 올라오는 에스컬레이터의 톱니바퀴에 맞물려 오르고 내리는 철계단 하나하나에는 오른쪽으로 한 줄로 차곡차곡 늘어선 사람들이 택배회사 컨베이어 벨트에 실린 물품처럼 끝이 없이 내리고 오르고 있다.

    어깨를 비켜가며 왼쪽에 비워진 좁디좁은 에스컬레이터 계단 길로 뛰어오르는 하이힐 뾰족한 뒤끝이 희미한 형광등 불빛에 번쩍 번쩍 빛난다.

빠른 걸음을 재촉하는 진한 남색 양복 재킷 너머로 노란색
바탕에 밤색 줄무늬 넥타이가 펄럭인다. 에스컬레이터 계단길
이 가끔 끄르륵 끼륵 소리 내며 오르고 내린다.

보도블록을 덮어버린 진한 자주색 아스팔트 길에는 어깨를
살짝 살짝 스쳐가면서 비켜가면서 오고 있는 사람과 가고 있는
사람들이 앞만 보고 있다.

뛰어가듯 걸음을 옮기는 아저씨가 옆 사람 어깨를 부딪치지
만 휴대폰으로 얼굴이 가려진 여학생은 아장아장 걷고 있다.

어깨를 마주하며 두 손을 움켜잡은 남자와 여자의 손사래가
젊은 남자의 옆구리에 끼여있는 검은 가방을 밀쳐내면서 하얀
종이풍선이 사람 사이사이로 날아서 땅바닥으로 곤두박질친다.

오토바이가 커다란 외눈박이 불을 밝히고 빨간색 등을 양쪽
에서 번쩍번쩍하며 사람 사이사이로 앞바퀴를 내밀며 경적을
울리고 있다.

양쪽 사차선씩 팔차선의 넓고 긴 자동차 길에 검은색 승용차
흰색 승합차 파랑 빨강 버스가 네 줄로 줄 맞추며 길고 긴 꼬리
와 꼬리를 이어가며 느리게 느리게 움직이고 있다.

빨간색 줄무늬 목도리를 두른 아주머니의 회색 승용차는 노
란색 좌회전 깜빡이도 잊어버린 채 옆 차선으로 끼어들려 하고
있고, 옆 차선의 노란 승합차는 경적을 울리며 앞으로 앞으로

조금씩 조금씩 움직이고 있다.

차와 차 사이사이의 좁은 공간에 앞바퀴를 왼쪽 오른쪽으로 비틀며 빠져나가는 오토바이 아저씨의 검은 헬멧이 버스 창문에 반사되며 사라졌다간 다시 나타난다.

기차가 모이고 흩어지는 기차역은 아주 단단한 철로 만들어진 너무도 정확하게 평행을 이루는 두 줄의 철길로 이어져 있다.

철로 만들어진 기차가 갈 수 있는 길이 기찻길이다. 그래서 기차는 오고 가는 시간이 정확하다. 시간에 작은 실수라도 발생하면 기차끼리 충돌할 수도 있다.

기찻길에는 자동차도 갈 수 없고 사람도 갈 수 없다. 기찻길은 많은 사람과 물건을 싣고 몇 날 몇 밤을 달리고 달릴 수 있다. 아주 멀리까지 옮겨다준다.

작은 주택이 줄지어 모여 있는 동네 골목길은 승용차가 지나가면 사람은 옆으로 비켜서 있어야 하고, 앞집 승용차가 잠시라도 멈춰있으면 동네 골목길은 이 사람 저 사람 목소리가 높아만 간다.

언덕배기 다세대 주택으로 가는 백팔 돌계단 길에는 엉덩이까지 내려오는 빨간 가방을 등에 멘 초등학생이 한 계단에 두 걸음씩 옮겨가며 집으로 가고 있다.

아파트에는 길이 없다. 아파트에 있는 땅 전부가 길이다. 사람이 가면 사람길, 차가 다니면 찻길, 개가 다니면 갯길, 고양이가 나타나면 고양잇길이 된다.

산꼭대기에서 따뜻한 커피를 마시면서 지나온 길을 돌이켜볼 수 있는 것은 산에도 길이 있기 때문이다. 산으로 오르는 길은 여러 갈래로 뻗어있다.

외줄 동아줄에 몸을 온전히 맡기는 길도 있고, 네 발로 한발 한발 기어오르는 길도 있고, 돌부리와 나무줄기를 잡고 올라야 하는 길이 있고, 산허리를 돌고 돌아 천천히 땀을 식히며 걸어 올라오는 길도 있다.

산기슭에까지 이르는 길은 동네 골목길과 계단 길을 지나서 자동찻길을 건너며 때로는 기찻길로 가로질러서 논두렁 밭길을 지나 흑자갈 길을 밟으며 산에 오른다.

사람이 길을 만든다.
길이 모이고 모여 도시를 만든다.
길이 문명을 만든다.
길이 역사를 만든다.
그리고,
산에는 꽃사슴길, 멧돼지길, 다람쥐길도 있다.

섬, 2017. ©

혼자 산다

한쪽 팔베개로 누워있는 분홍색 꽃잔디 밭에 파란 하늘에서 갑자기 수천수만의 노랑나비가 아직 잠자고 있는 머릿속으로 쏟아진다.

침대 오른쪽으로 몸을 돌아누우면 스르르 눈꺼풀이 열리고 연두색 커튼 넘어 아침이 밝아오는 바깥 유리창에 틱틱틱 부딪히는 빗소리가 귓바퀴를 맴맴 돌고 있다. 오른팔을 옆으로 펼치면 스스로를 손 안으로 안기는 휴대폰을 먼저 깨운다.

언제나처럼 밝은 얼굴로 아침 인사하는 소리가 변함없이 살아있다는 것에 고맙고 반갑다.

시간은 아침 여섯 시 이십칠 분을 막 지나고 있다.

오늘 날씨는 오전에 비가 오다가 오후에는 그치면서 맑아지고 미세먼지도 보통수준이고 기온도 영상으로 올라가서 바깥 활동은 좋은 편으로 예상된다.

배가 침대 바닥으로 닿도록 엎드린 자세로 머리를 똑바로 베개에 묻고 스물을 세고, 다시 오른쪽으로 머리를 돌려 스물을 세다가 왼쪽으로 머리를 돌려 스물을 기다리면서 다시 머리를 똑바로 베개에 묻기를 두 번 더 한다. 긴 숨을 내쉬며 두 다리를 쭉 뻗어서 침대 끝 나무반침에 고정시키고 두 팔을 일으켜세우기를 서른 번 정도 굽히고 펴면 숨이 가쁘게 올라온다.

침대 한쪽으로 이불을 밀쳐내고 몸을 옆으로 다리를 쭉 뻗은 자세로 똑바로 뉘여서 오른쪽 다리를 들어올리고 내리기를 열여덟 번 하면서 두 번마다 숨을 내쉰다. 몸을 왼쪽으로 돌려서 길게 뻗은 왼쪽 다리에도 잠을 깨우고 힘을 넣어준다. 마지막으로 똑바로 누운 자세로 왼쪽 다리와 오른쪽 다리를 번갈아가면서 반대 허리 쪽으로 비틀면 하루 일을 위한 준비시간을 충분히 준다.

화장실에서 손을 찻물에 씻고 하얀 칫솔에 업혀진 파란색 치약을 윗니와 아랫니로 전달하며 잇몸 사이사이로 스며들면 아랫입술이 하얀 거품에 묻힌다.

얼굴로 전해오는 차가운 물 향기가 아침을 새롭게 맞이하고 거울 속에서도 살아있는 얼굴에 촉촉한 향 내음이 퍼져 나온다.

시퍼런 가스불이 뜨겁다는 것을 검은색 프라이팬이 먼저 알고 달걀노른자가 볼록하게 솟아올라오면 달걀흰자가 주위를 감싸 돌면서 앞산으로 떠오르는 해맞이 한다.

네모난 식빵 두 조각에 살짝 입혀진 버터 향이 찌지직 지직 콧등에서 미끄럼타면 아침 배가 기다림을 참지 못하고 꼬르르 꼬르르 목소리를 높인다.

진한 갈색 커피가 똑똑똑 한 방울씩 떨어질 때마다 유리컵 속 커피가 동그란 파문을 그려내며 쌉쌀 달달한 제 몸의 향기로 온 집안 구석구석에 아침을 알리는 느린 바람으로 퍼져나간다.

커피 한 모금과 함께 컴퓨터 바탕화면에 보이는 신문과 방송의 인터넷 뉴스의 제목을 분석하고 의미를 생각하기 시작한다.

매일매일의 체험과 경험으로 제목만 보고도 그냥 지나칠 신문사인지 클릭해서 확인해야 할 방송사인지가 결정되면 뉴스 하나하나를 통해서 마침내 이 방 밖의 세상으로 나갈 수 있다.

시뻘건 불이 막 타오르는 아파트에도 가보고, 자동차 사고 현장에서 부상자를 구하는 소방대원들의 땀에 젖은 옷에서 피어오르는 거친 숨김도 볼 수 있다.

미술 전시장에서 세계적 명작을 구경하다가 음악 공연장이나 뮤지컬 공연장에서 배우들의 살아있는 숨소리를 들을 수도 있다.

포탄이 터지고 죽음의 비명이 아우성치는 전쟁터의 앞에 나서기도 한다.

미국 뉴욕시의 맨해튼 거리를 바쁘게 오가는 사람들을 길거리 카페에 앉아서 물끄러미 바라보다가, 파리 에펠탑 위에서 사진을 찍을 수도 있으며 중국의 만리장성 위에서 끝없이 펼쳐진 넓디넓은 고구려 옛 들판을 보고 있다.

휴대폰에서 춤추고 있는 쇼스타코비치의 왈츠가 쿵 캉캉 쿵 캉캉 쿠웅 울리면 또 다른 세상으로 들어가는 문이 열린다.

오늘을 함께 살고 있는 사람들과 직접 소통할 수 있다.

안녕하세요 전화 목소리 인사가 무척 정겹다.

생명을 보장한다는 보험 설명을 들으면서 살아있음에 감사함을 전한다.

스팸 전화라고 붉은 글씨로 경고가 따라다니지만 쉼 없이 이어지는 보험 설명은 아직도 하루하루가 살아있다는 소중한 삶이다.

뉴스 끝에 따라붙는 재치 있는 댓글에 맨 처음 웃음을 짓지만 막무가내 욕설과 모욕, 일방적 비방과 폄훼에는 화가 치밀어 오르면서도 바깥세상은 참으로 많은 종류의 사람들이 살고 있다.

스포츠 뉴스에서 지난 경기를 하이라이트로 다시 보면서 잠깐 경기장 안의 관중이 되어 함성과 탄성으로 혼잣말 응원을 시작한다.

슛 휴 오 예 흠 노……. 검색 순위의 클릭이 끝나가면 점심시간에 어김없이 도착하게 된다.

프라이팬에 기름을 살짝 뿌린 후에 가위로 작게 잘린 묵은 김치를 올리면 찌지직 찌지직 기름 타는 소리가 요란하다.

어제 남겨진 밥을 김치와 비비고 가운데 파여진 부분에 달걀을 살짝 얹어 다시 비빈 후에 김가루와 참깨를 으깨서 뿌린다.

다시 따뜻하게 데워진 콩나물국이 목으로 넘어가면 점심 비빔밥은 어느 나라와도 바꾸기 싫다.

점심 커피를 마시면서 또 한 통의 전화를 받을 수 있다는 것은 오늘의 행운이다.

점심 맛있게 드셨냐는 친절한 인사가 너무 반갑고, 세상에 있는 돈은 전부 드린다는 부자연스러운 말이 너무 고맙다.

이자가 얼마냐 담보나 보증이 필요하냐 언제 돈을 받을 수 있는가 이것저것 묻고 또 확인하고 나면 입안이 촉촉해지고 입술이 부드러워지면서 아직 건강하게 살아있음을 확인할 수 있어서 스팸 전화라는 표시에도 반갑고 정겨운 세상임에 틀림없다.

미세먼지도 괜찮고 날씨도 영상으로 올라가는 오후에는 동네 뒷산을 오르는 일이 바깥 공기를 마시는 유일한 방법처럼 보인다.

자동차에서 풍겨 나오는 휘발유 냄새도 신선하고 연기처럼 퍼져 오르는 매연도 싱그러운 향처럼 다가온다.

산허리를 휘감아 돌면서 길게 뻗어있는 흙으로 파헤쳐진 오솔길은 발자국마다 흙냄새가 올라오는 과거형의 길이다.

붉은색 등산복 재킷에 하얀 등산 스틱을 앞세우며 마주 오는 아저씨에게 '안녕하세요' 눈인사를 보내지만 이내 아무 일 없다는 듯이 지나친다.

산꼭대기에 이르면 멀리 서쪽산 등성이 너머로 붉은 해가 막 사라지고 있다.

산등성이와 맞닿은 하늘은 온통 붉은색으로 물이 들어가면서 하나둘 어둠 속으로 빠져들고 있다.

모든 것을 삼켜버리는 어둠이 밤으로 태어난다.

내일은 또 아침 해가 연두색 커튼 사이로 웃는 얼굴을 내밀 것이다.

신이 시간을 만든 것은 인간의 무모한 욕심과 이기심 때문이다.
인간은 신을 만들 수도 있고 돈으로 살 수도 있다.
그러나
인간의 생명은 시간이 결정한다.

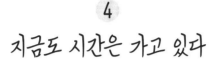

4
지금도 시간은 가고 있다

돌기둥, 2017. ©

용은 개천에서 나지 않는다

병원 산부인과 복도 한쪽으로는 형광등이 아주 밝게 빛나는 사무실에서 간호사들이 길고 높은 테이블을 사이에 두고 이제 바로 지금 엄마와 아빠가 되려는 사람들에게 종이에 적어가며 진지하지만 웃으면서 무엇인가 열심히 설명하고 있다.

그 건너편에는 안이 훤히 들여다보이는 창문의 커튼 사이로 이제 막 세상에 태어나서 스스로 숨을 쉬기 시작한 생명들이 눈을 꼭 감은 채 세상 밖에서 처음으로 엄마의 몸으로부터 생명수를 쪼오옥 쪼옥 작디작은 입을 오므렸다 폈다 하면서 스스로의 인생을 지금 막 시작하고 있다.

엄마와 한 몸인 탯줄이 아기로부터 분리되는 순간부터 아기는 응애앵 응앵 울음소리로 독립적인 한 인간으로 이 세상에 태어났다는 것을 엄마에게 알린다.

울음소리는 나라는 존재의 자기 증명이지만, 엄마의 한 부분에서 분리된 불안한 독립체라는 것을 엄마에게 말하고 있다.

아기가 인간으로 태어나서 가장 먼저 체험하는 세상은 불안이다.

엄마로부터의 분리된 불안
나 혼자라는 외로움의 불안
생명을 이어가야 하는 생존의 불안.

그래서,
인간은 태생적으로 정신적 불안이라는 트라우마를 가지고 태어난다.

그러므로 엄마가 아이에게 해줄 수 있는 최고의 사랑과 선물은 아이의 순간순간 시간에서 불안을 제거시켜주는 것이다.

아이가 운다는 것은 무엇인가가 삶이 불안하다는 생명 보호 요청이다.

아이가 불안을 말하고 있을 때 누구도 불안을 제거시켜주지 못하면 아이의 불안은 평생을 살아가면서 불쑥 불쑥 튀어나와서 삶의 걸림돌이 된다.

아이에게 가해지는 아주 작은 육체적 폭력이라도 맞을 수밖에 없는 아이에게는 가장 고통스러운 불안이며 잔인한 고문과 같은 공포감이다.

아이가 주체적이고 자주적인 한 인간으로 자라나게 하는 것은 인간관계 교육이다.

아이 교육에서 가장 중요한 핵심은 나라는 존재는 너를 인정할 때만 주체적이고 독립적으로 존재할 수 있다는 상대 존중 교육이 우선되어야 한다.

불안한 독립체인 아이에 대한 엄마와 아빠의 교육은 기준과 원칙이 명확해야 하지만 이러한 기준과 원칙을 지키려면 먼저 엄마와 아빠의 가치관이 확실하고 일관성이 있어야 한다.

불안을 막아주기 위해서 아이를 항상 손안에 두거나 품에 안고 다니면 아이가 독립적이고 자주적인 인간으로 성장하는 것을 막게 될 수도 있다. 그렇다고 엄마나 아빠에게서 아이가 항상 떨어져 있다면 아이는 불안감으로 성장하면서 정신적 스트레스를 받게 될 수도 있다.

그래서 안아줄 때와 떨어져 놓을 때를 항상 기준을 세워놓고 지켜야 하는 이유가 여기에 있다.

처음 넘어지면 일으켜세워줘야 아이는 불안하지 않다. 그러나 두 번째부터는 일으켜세워주되 스스로 홀로 일어나야 한다는 교육을 시켜줘야 한다.

그리고 세 번째 넘어졌을 때는 홀로 스스로 일어날 때까지 가까이서 기다려주어야 한다.

그리고 일어났을 때 아주 큰 칭찬을 마구 마구 줘야 한다.

꽃이 예쁘다고 매일 물주고 잎을 닦아주면 얼마 못 가서 그 식물은 시들시들 향기를 잃어간다.

아이는 태아부터 살아있는 인격체라는 것을 잊어서는 안 된다.

탯줄이 분리되는 순간부터 아이는 엄마와 이별하는 과정이 삶이다.

그 이별의 과정이 불안이 아니라 자유로운 독립적인 인격체가 될 수 있도록 부모가 가르치는 것이다.

최소한의 간섭과 최대한의 자유의지를 가진 인격체로서 교육받으면 우리 아이들은 모두 용이 될 수 있다.

인간과 사회와의 관계에서 스스로 혼자서도 무엇이든지 자유롭게 생각할 수 있다.

자주적인 행동으로 실천할 수 있고 자기의 선택과 결정에 대한 책임을 질 줄 안다.

독립적인 존재가 바로 자기 삶의 주인이다.

나의 행복으로 남의 불행을 감싸주는 참된 자유인이다. 멋진 삶을 사는 존경받는 시민이다.

용은 개천에서 나는 것이 아니다.
너와 나를 존중하는 엄마 아빠의 교육에서 태어난다.

고여있는 물을 거슬러서 박차고 오르는 아이만이
스스로 하늘로 오르는 용이 될 수 있다.

그림자, 2016. ©

착한 어린이는 착하고 싶지 않다

경운기 한 대 정도가 지나다닐 수 있는 황톳길은 조그마한 실개천을 건너서부터는 발바닥이 뜨겁게 달아오르는 자전거 페달을 밟지 않고 발을 쭉 뻗으면서 내리막을 내달리고 있다.

까까머리 머리카락 사이로 땀방울을 송송송 바람에 날리면서 내리막길을 내려오는 자전거 위에는 책가방을 뒷받침에 세 줄로 묶고 검은색 중학생 교복에 금빛 단추가 한 줄로 빛나는 남자 중학생의 철없는 얼굴에서 붉은 김이 모락모락 피어나고 있다.

내리막을 거의 다 내려왔을 때 갑자기 자전거를 멈추고 뛰어 내리면서 '안녕하세요' 고개로 인사를 드리는 맞은편에는 옛날 중절모 사이로 흰머리가 삐죽삐죽 튀어나오신 동네 할아버지가 진 밤색 지팡이를 들었다 놓으며 중학생의 고개 숙임에 응답하고 있다. 그놈 참 착하기도 하다.

육백여 명의 중학생들이 규율부 선배들의 고함소리와 학생 주임 선생님의 체력단련 봉에 눈빛이 초롱초롱하며 두 줄로 나란히 줄 맞추며 서있는 아침 조회시간에 교장 선생님이 자전거 중학생을 교단에 불러세우며 이번 달에 뽑힌 모범학생 표창장을 수여하고 있다.

선생님과 웃어른께 인사 잘하고, 복장위반도 없고 수업시간에도 선생님께 칭찬을 많이 듣고 어려운 학우들을 스스로 잘 도와주고 학과 성적도 우수합니다.

표창장과 작은 선물을 손에 들고 학생들의 긴 줄 사이를 내 달리면 주위 학생들의 눈총이 따갑다가도 뒷줄에 다다르면 옅은 웃음들이 여기저기에서 들려온다.

또래들보다는 키가 다소 크다고 항상 끝에서 두세 번 앞서는 번호를 받아서 교실에서도 맨 뒷줄에 앉게 되어 자연스럽게 친구들도 대부분 뒷줄에 앉은 학생들이다.

올해 새로 오신 젊은 생물 선생님이 칠판에 꽃 수술 암술을 색분필로 정성스럽게 그리고 계시면 건너편 머리 큰 중학생이 책상 밑을 내려다보며 피식피식 웃고 있다. 건너 건너 전달받은 잡지는 발가벗은 사진들이 페이지마다 여러 가지 모습으로 찍혀 있다.

얼굴이 뜨거워져서 자세히 볼 수도 없고, 건너편에서 빨리 빨리 재촉하는 손짓과 외치는 속삭임에 고개를 들고 앞을 바라보자마자 목 뒷덜미를 내리치는 손바닥 소리에 놀라는 것은 선생님의 얼굴에서도 볼 수 있다.

뒷줄 다섯 명 머리 큰 애들 칠판에 팔을 뻗치고 차례차례로 걸레 자루가 부러지게 엉덩이 멍들고 네 학생은 엉덩이를 두 손으로 쓸어내리며 고개를 숙이면서 제자리로 돌아갔다.

젊은 생물 선생님의 손에 돌돌 말린 잡지가 모범상 받은 자전거 중학생 머리 위를 철썩하며 지나간다. 우등상 받고 모범상 받은 놈이 수업시간에 못된 플레이보이 잡지를 보다니 실망스럽다.

친구들을 말려야지 같이 본 너는 더 나쁘다. 수업 마침 종소리가 따르릉 때르릉 울리면서 생물선생님은 잡지를 생물책 사이에 끼우고 나가신다. 모범상 받은 학생은 빨개진 얼굴로 창밖만 바라보고 있다.

우중충한 하늘이 잔뜩 흐려있다.

학교에서나 동네에서나 점잖고 말 잘 듣는 자전거 학생은 이름 뒤에 착한 학생이라는 별명이 붙어있다.

친구끼리 싸우다 얻어맞아도 착한 학생이 싸운다고 혼자만 혼이 났다.

포도밭에 몰래 포도서리하다 들키면 착한 학생만 잡혀서 온 동네 꾸지람을 다 받아먹었다.

여학생과 말장난하며 낄낄대는 친구들 뒤에서 맨날 구경만 하고 있다.

중간고사 시험이 끝나는 날 뒷줄 머리 큰 애들이 지들끼리만 창가 구석에서 속닥 속닥이며 눈치 싸움으로 비실비실 웃고 있다.

걸리면 학교 정학 맞을 거라며 절대 안 된다고 윽박지르지만, 미성년 불가 영화관 맨 뒷좌석에서 길어졌다 짧아졌다 하며 순간순간 바뀌는 영사기 불빛에 착한 자전거 학생의 눈망울이 초롱초롱 빛나고 있다.

자전거 타고 내려오는 내리막길에서 착한 학생은 휘파람을 입술이 부르트도록 불러제낀다. 동네 아랫집 할머니가 옆으로 힐긋 쳐다보고 있다.

밤송이, 2017. ©

하드웨어만 있고 소프트웨어는 없다

햇볕에 색이 바랜 초록색 인조잔디를 에워싸고 붉은 자주색
이 칠해진 시멘트 위로 다섯 줄의 하얀 달리기 줄이 그어진 학
교 운동장에는 맞은 편 이십오 층 아파트의 그림자가 길게 늘
어진 채로 학교건물 사 층 창가에 걸쳐있다.

교문의 양쪽 기둥 위를 가로막은 현수막 양 끝에 합격이라는
파랑 글씨와 대학교 이름은 붉은색으로 쓰여있고 합격생 이름
은 검은색으로 쓰여있다. 조금 멀리서 보면 대학교 이름만 붉게

보인다.

일 층 교무실을 사이에 두고 삼 학년 교실에는 서너 명의 학생들이 선생님과의 일대일 면담을 기다리며 서성이고 있다.

이 대학의 인문학부를 가야 한다는 선생님의 말씀에 저 대학의 경영학과를 가고 싶은 학생은 푹 푹 한숨만 내쉬고 있고, 이 대학 인문학부를 지원하려는 학생은 이 대학 농학부를 지원하라는 선생님의 고함소리가 눈시울을 때린다.

이 놈들아 너희 선배들의 희생과 노력으로 쌓은 학교의 명예와 전통을 무너뜨릴 작정이냐.

저녁 아홉 시가 넘은 시간에도 이 층 이 학년 교실은 형광등이 햇빛처럼 밝고, 교실 구석에 우뚝 서있는 은색 온풍기의 뜨거운 열기를 교실 위로 쉼 없이 불어내는 환풍기 소리가 웅웅웅 시끄럽다.

영어단어를 암기하는 학생의 연습장이 새까만 색이다. 훈민정음을 암기하는 학생의 참고서는 너덜너덜 찢어져 나가고 있다.

수학 공식을 노트에 옮겨 적으며 입으로 중얼중얼 머리로 암기시키는 학생의 눈은 지그시 감겨있다.

뒷줄의 서너 명의 학생들은 책상 위의 책에 머리를 맞대고 있다.

늦은 오후 시간에 학교 수업이 끝나면 교문을 나서는 학생들을 서둘러 태우는 노란색 학원 차들이 좁은 이차선 도로의 한 쪽에 길게 줄지어 서있다.

가는 차 오는 차 학생을 태우는 차가 서로 뒤엉켜 좁은 도로의 중앙선을 넘나들면서 경적 소리가 시끄럽다.

학원 암기노트와 연한 빨간색과 초록색으로 줄 쳐지고 지워진 학원 참고서가 노란 학원 차 의자 위와 의자 밑에서 나뒹굴고 발끝에 채이며 찌익찌익 소리가 난다.

의자에 반쯤은 누워버린 학생들의 감긴 눈 사이가 마주 오는 자동차 불빛에 반짝이며 빛으로 흘러내린다.

언제나 가장 가까이 있는 휴대폰이나 컴퓨터는 키보드 마우스 모니터 그리고 본체 등으로 이루어진 하드웨어는 눈으로 볼 수 있고 손으로 만질 수도 있는 전기 전자적 기계장치이고 기억장치이다.

컴퓨터를 조정하는 통제자의 명령에 따라서 주어진 명령만을 거절 없이 수행한다. 명령을 수행하는 일은 소프트웨어의 역할이다.

소프트웨어는 보이지도 않고 만질 수도 없다. 하드웨어가 육체적이라면 소프트웨어는 정신적인 것이다.

하드웨어가 전 과목 암기노트라면 소프트웨어는 전 과목을 연결해서 분석하고 융합해서 창의적인 새로운 변화를 창조한다.

하드웨어가 백과사전이면 소프트웨어는 전문지식이다. 하드웨어가 전체적이면 소프트웨어는 세부적이고 세밀한 것이다.

학교가 하드웨어라면 학생은 소프트웨어이다.

학생을 암기식 하드웨어로 만들면 정신적인 소프트웨어에는 상처의 흔적이 남는다.

학생이 상처를 받으면 가정이 아프고 사회가 갈등하며 정부가 불평등하고 국가가 불안정할 수도 있다.

두 서너 명의 학생들이 엉덩이까지 내려온 책가방을 메고 늦은 밤 교문 앞 횡단보도를 빠른 걸음으로 건너가고 있다. 파란색 신호등이 깜박이며 건널목 시계가 차츰차츰 빨라지고 있다.

12, 11, 10, 9, 8, 7, 6, 5, 4, 3······.

갯벌, 2016. ⓒ

구슬은 꿰어야만 보물이 되는 것일까

　십삼 층에서 엘리베이터에 급하게 발을 들이밀면서 들어온 젊은 여자는 검은 머리 군데군데에 연한 밤색으로 염색한 긴 머리를 손으로 넘기며 은빛으로 빛나는 엘리베이터의 벽을 거울삼아 머리 손질을 하고 있다.

　아파트 평수가 조금 작은 사 층에서 다시 멈춘 엘리베이터에는 오른쪽 다리를 하얀 붕대로 감싼 할아버지가 목발 하나하나를 느릿느릿 들여놓고 있고, 뒤에는 할머니가 엘리베이터 문을 잡고 있어서 삐익 삐액 엘리베이터가 소리 내며 재촉을 하면서 긴 머리 젊은 여자의 얼굴색이 붉게 변하고 있다.

이삼 년쯤 자주 마주치는 얼굴들이지만 누구 하나 말을 건네는 사람이 없다. 엘리베이터 안 네모진 천장 구석에서 시커먼 카메라의 빨간 불빛이 반짝반짝 뚫어져라 쳐다보고 있다.

시내버스 정류장의 등받이 없는 진한 초록색 플라스틱 의자에는 주홍색 점퍼를 입은 아주머니가 건너편 유치원 아이들 놀이터에서 눈을 뗄 줄을 잊어버리고, 바로 옆에는 하얀 교복을 입은 중학생이 앉아서 휴대폰과 총싸움을 하고 있다.

버스 도착 시각을 보여주는 모니터에 버스가 곧 도착한다는 불빛이 번쩍 번쩍거리면 쓰레기통 뒤에 담배를 비벼 끈 젊은 남자가 후다닥 버스 앞문 쪽으로 자리를 잡는다.

카드를 읽을 수 없다는 버스카드 기계 속의 여자 목소리가 급하게 몇 번 울리고 나서야 기사 아저씨가 고개를 돌아본다.

노약자 보호석이라고 쓰인 기사 뒤쪽의 일인용 의자에는 맨 먼저 탄 젊은 남자가 앉았다. 버스가 신호등에 설 때마다 창가에 달린 손잡이를 움켜쥔 손에 힘줄이 울퉁불퉁 튀어나온다.

다음 정류장을 안내하는 기계 속 여자 목소리가 버스 안의 고요를 깨버리면 눈감고 갈 곳을 잠시 잊었던 아주머니가 어머나 하면서 자리에서 벌떡 일어나면서 서둘러 창가 옆 멈춤 단추를 누른다.

버스 뒷문 천정에 박혀있는 시커먼 카메라에서 빨간 불빛이
눈마다 들어와 박힌다.

편의점 창가 쪽 작은 일인용 의자에서 남학생이 김밥 위에다
노란 단무지를 얹어먹고 있다. 바로 옆에는 매운 컵라면에 뜨거
운 물을 부은 후에 다시 닫은 뚜껑 위에 나무젓가락 두 개를
가지런히 놓고 남색에 노란 점무늬 넥타이를 맨 아저씨가 창밖
을 지나가는 사람들과 눈을 마주치고 있다.

아파트 엘리베이터에 들어서자 엄마 손을 살짝 잡은 네다섯
살 정도의 남자아이가 한쪽 손을 흔들며 웃고 있다.

잠든 어린아이를 가슴에 안고 있는 아빠와 인사를 주고받으
면서 올라가는 엘리베이터 소리가 부드럽다.

둑길 도롯가에는 쇠창살로 창문을 가린 버스가 줄지어 서있
고, 주변에는 둑길을 따라 경찰이 팔을 펼치면 맞닿을 거리로
길게 늘어서 있다.

길 아래 천변 산책길 잔디밭과 농구장 족구장을 지나서까지
천여 개는 훨씬 넘어 보이는 촛불이 파도를 타고 있다.

할아버지 손을 잡은 사내아이 손에서 촛불이 타고 있다.

중학생 교복을 입은 여학생들도 떼 지어 촛불과 합창을 부르
고 있다.

나무 위에 걸린 스피커에서 목쉰 아주머니의 촛불이 불타고
있다.

한 오십은 넘게 보이는 아저씨의 양손에서 촛불이 깃발로 펄럭이고 있다.

아파트 엘리베이터에서 손 인사 나눠주던 어린아이 손에도 조그마한 촛불이 어두운 길을 밝히고 있다.

촛불과 촛불이 꿰이고 꿰여서 깊은 어둠을 살라 먹고, 두꺼운 얼음장을 녹이고 있다.

원두막, 2015. ©

네가 없으면 나도 없다

　신발장에 신발을 넣고서야 따뜻한 온돌식으로 된 방바닥에 갈색 방석을 깔고 앉아서 식사할 수 있는 식탁이 여러 개 놓여 있다.

　식당은 점심시간이 한참 지났지만 여전히 사람들의 말소리가 뒤엉켜서 시끄럽다. 아주머니 한 분이 음식을 나르고 주문받느라 발걸음에 바람이 일고 있다.

　식당 한쪽 구석진 곳에는 엄마가 열심히 집게를 뒤집으며 삼겹살을 불판에 굽고 있고, 아빠는 작은 유리잔에 소주를 막 입에 들이켜고 있다.

예닐곱 살 먹은 아이와 한두 살 아래로 보이는 아이가 빈 식탁 주위를 돌아다니며 따라잡기를 하고 있다.

엄마가 이따금 손짓으로 삼겹살을 들어 보이면 한 아이가 뛰어와서 받아먹고, 다음으로 작은 아이가 뛰어와서 날름 받아먹고는 다시 식탁 주위를 소리치며 뛰어다닌다.

건너편에서 식사를 하고 있는 나이 드신 아저씨 두 분이 얼굴에 주름을 지으며 엄마 아빠를 쳐다보고 있다.

입구 쪽 식탁에서는 아이를 안고 있는 젊은 부부가 주인아저씨에게 무엇인가 말을 하고 있다.

음식을 나르는 아주머니가 뛰면 안 된다고 말하지만 아이들 귀에는 들리지 않는다. 아이 엄마의 두 눈총이 아주머니를 쏘아보고 있다.

아빠는 잠시 아이들을 힐끔 쳐다본다.

쿠당탕 꿍 소리와 함께 아이의 울음소리가 식당 천장과 바닥에 이리저리 부딪치며 자지러지고 있다.

아이의 코에서는 빨간 피가 한 방울 두 방울 떨어지고 있다.

엄마의 비명소리가 아이의 울음보다 더 크게 울린다. 아빠는 주인아저씨와 목소리를 높이고 있다.

방석이 바닥에 깔려있어서 아이들이 넘어졌다고 아이가 다친 것을 책임지라고 손을 허공으로 휘저으며 붉은 얼굴을 더욱 붉히고 있다.

아이의 울음소리도 잦아들고, 엄마는 사랑해요 사랑해요 아이를 부르며 양쪽 볼에 입맞춤하고 있다.

아빠의 목소리가 다시 커지고 있다.

내 아이니까 뛰어노는 것은 당연하다.

내 아이들은 마음껏 자유롭게 뛰어놀아야 한다.

내 아이 놀이터를 만들지 않은 식당 잘못이다.

내 아이는 당신보다 소중한 보물이다.

나무의자, 2017. ©

시계가 멈추면 시간이 보인다

부드럽고 연한 흰색 바탕에 붓끝으로 살짝 누른 노르스름한 긴 흔적이 줄줄이 이어진 벽지가 천장과 네 면으로 둘러쳐져 있다.

침대에서 마주 보이는 달력과 그 달력 위 못에 걸쳐진 흰색의 동그란 벽시계의 초침이 한발씩 뗄 때마다 떡떡똑똑 여섯에서 올라가기 시작해서 열둘에서 다시 내려오면서 여섯을 지나 다시 오르고 있다.

휴대폰의 푸른색 바탕화면에서는 일에서 시작한 숫자가 이 삼사로 달리기 경주하면서 육십까지 돌아서 일로 다시 깜박깜박 달리고 있다.

어깨와 어깨가 부딪히고 한 발도 내디디기 힘든 버스 안에서도 사람들 머리와 어깨 사이로 빨간색 시계의 숫자판 가운데에 두 점이 켜졌다 꺼졌다 셀 수가 없다.

동네 슈퍼마켓의 열린 출입문 위에 우뚝 솟아난 붉은색 시간이 스스로 자동문을 여닫기 전에 들어가려는 발걸음은 초침처럼 **빠르다.**

집으로 돌아오는 승용차 앞 유리창 아래의 직사각형 시계의 숫자판에 검은 두 점이 깜박깜박 자동차가 멈춰도 쉼을 모르고 계속 살아있다.

아파트 경비실 앞 유리창에도 붉은 점은 계속 깜박이고 있고, 집 안 현관문을 들어서면 하얀색 벽시계가 제일 먼저 눈을 부라리고 쳐다보고 있다.

천변 둑길을 따라 뚝방 아래로 길게 내리뻗은 개나리가 노오란 알몸을 드러내고 진달래꽃 분홍빛이 온 산을 감고 돌아도 구름은 이 모양 저 모습을 그리며 햇살을 맞이한다.

둑길 인도로 쏟아져 내리는 진한 분홍색 벚꽃 잎이 텅 빈 하늘로 새잡이 하면 시샘하는 바람이 한 잎 벚꽃의 뒤를 쫓아간다.

검은 점박이 노랑나비가 민들레 하얀 꽃술을 타고 긴 초록 잎 아래로 미끄럼을 타고 있다.

햇살이 오래오래 낮으로 긴 그림자를 드리우고 어둠이 짧아지면 산허리를 가득 채운 소나무의 진초록 바늘잎과 손바닥만 한 떡갈나무 잎은 한낮 햇살에 얼굴이 뜨겁다.

감자밭 하얀 꽃이 눈꽃으로 피어나고, 논둑길 밭둑길은 망초꽃 하얀 꽃잎에 벌 소리 윙윙윙 날갯짓한다.

먹구름 뭉게구름 흩어졌다 다시 모이면 냇가의 억새 숲이 허리 숙이고 둥그런 멧새 둥지가 빠르게 쏟아져내리는 흙탕물에 소용돌이치고, 멧새 두 마리가 급한 날갯짓으로 둥지를 돌고 돌면서 컄컄 피륵피륵 피울음 운다.

연분홍 코스모스가 냇가를 따라 오르는 바람에 몸을 실은 채 타오르는 햇살을 타고 파란 하늘과 입맞춤하면 서너 마리의 고추잠자리 얼굴이 빨개진다.

참나무 누런 갈색 잎이 땅으로 곤두박질치고 빨간 단풍잎 바람에 날리면 노란 은행알이 우수수 땅바닥에 나뒹굴고 있다.

산허리로 붉은색 단풍나무 줄지어 서있고 산기슭으로 하얀 꽃 억새가 떼 지어 바람으로 피어난다. 고개 숙인 누런 벼 이삭 무겁고, 콩깍지 터지는 소리에 수꿩이 꿔궝꿩 울긋불긋 긴 꼬리를 흔들며 산기슭 억새 숲으로 숨어들고 있다.

어두운 밤바람이 차고 길다.

오리털 거위 털을 머리 위해서 발목까지 덮고 흰 마스크로 감싸진 얼굴로 스며드는 바람이 두 눈썹에 하얀 고드름을 한 알 두 알 열매 맺는다.

산허리를 휘어감은 참나무가 발가벗은 맨몸으로 바람을 쌩쌩 맞이하고 있다.

소나무 바늘잎 사이를 빠지는 바람 소리는 더 시끄럽다. 얼음으로 뒤덮인 냇물에는 털모자 깊게 눌러쓰고 빨간색 장갑을 낀 아저씨가 얼음을 깨고 낚싯대를 드리우면, 얼음장 아래로 물은 쉼 없이 흐르고 있다.

밤은 어두움을 더하고 진해지고 아파트 가로등 아래로 가로지르며 하얀 눈발이 비스듬히 빛나고 있다. 천변 도로가 모퉁이에는 붕어빵집 조그마한 포장 사이로 김이 모락모락 솟아오르고 바람에 흔들거리는 주황색 백열등이 밝다.

연두색 커튼 사이에는 아직 햇살이 들어오지 않고 있다. 스스로 잡힌 휴대폰 화면이 밝아오면서 마주 보이는 벽에 걸린 흰색 벽시계가 움직임이 없고 소리도 없다.

시계가 멈추었다.

시계가 죽었다.

커튼 사이로 밝은 빛이 보인다.

창문 틈으로 햇살이 들어오고 있다.

시간이 보인다.

벚나무, 2017. ©

네모난 시계도 시곗바늘은 동그랗게 돈다

커다란 거실 유리창 위로 내리쳐진 누런 금빛 커튼 사이에서 햇살이 쏟아지면서 갈색 나무무늬 거실 바닥 오른쪽 구석에 금빛 빛 그림자를 그리고 있다.

아래층 개 짖는 소리가 가끔 들리고 창밖 주차장에는 자동차 움직이는 소리에 제법 시끄럽다.

검은색 교복을 입은 학생들이 천변 길에 띄엄띄엄 보인다. 금빛 빛 그림자가 슬금슬금 거실바닥 한가운데로 내려앉으면 가스레인지 불꽃 피는 소리가 배꼽 아래에서부터 위로 올라온다.

창밖 은행나무가 자기 몸 바로 아래에 자기 그림자를 바짝 숨기면 햇살도 못 본 채 그냥 지나간다.

서쪽으로 돌아들어 온 햇살이 거실 왼쪽 구석 벽에 붉은빛 그림자를 그리면서 점점 어두움 속으로 사라지고 있는 중이다.

빛은 가고 또다시 어두움이 돌아왔다.

종합병원 주차장은 밤에도 긴 줄이 이어져 있고, 병원 한쪽 모퉁이에 흰색 바탕에 검은색으로 쓰인 장례식장 간판 아래에는 검은색 옷을 입은 서너 명의 남자들의 담배 연기가 약한 바람에 흐느적흐느적 빈 하늘에서 미끄럼을 타고 있다.

돌아가신 분의 이름 아래에 적힌 열한 시 이십구 분이라는 시간은 죽음이다.

삶의 끝이다.

더 이상 삶은 없다.

시간도 끝이다.

시간은 다시 돌아오지 않는다.

병원의 복도의 긴 의자에는 나이 드신 할머니가 두 손을 모으고 눈을 감으면, 두어 발자국 앞에서는 젊은 남자가 짧은 발걸음을 왔다 갔다 복도 끝 막다른 하얀 문에 눈빛을 쏟아붓고 있다.

하얀 문이 열리고 천천히 밀려오는 하얀 침대로 뛰어가는 할머니와 남자 앞에는 눈망울이 초롱초롱한 생명이 빛나고 있다.

할머니와 남자의 눈동자에도 방울 방울로 빛나고 있다. 아기 이름 옆에 쓰인 열한 시 이십구 분은 삶의 시작이다.

아침 햇살이 지금 바로 커튼 사이로 쏟아지고 있다.

시간의 시작이다.
시간은 여기서도 저기서도
나에게도 너에게도
그리고
저 산 너머에도
얼음장 밑에 있는 송사리에도
소나무에도 참나무에도 똑같이 온다.
그리고 똑같이 간다.

산, 2015. ©

산 정상에도 시계가 있다

   동네 뒷동산은 그리 높지는 않지만 꾸불꾸불한 산 흙길이 비스듬하게 서너 갈래로 나뉘어 산허리와 산등성이를 돌아서 꼭대기기로 이어져 있다.

   산꼭대기에는 나무의자가 둘려 펴진 조그마한 정자 한가운데 기둥 위에 흰색 바탕의 검은색 숫자가 쓰인 동그란 시계의 초침이 어둡기 전에 산에서 내려가기를 재촉하고 있다.

   사람들이 살고 있는 마을의 산기슭에서 바라본 산은 봉우리

하나만 보인다. 처음 산에 오르는 사람들은 앞에 보이는 봉우리가 산의 전부로 알고 아픈 다리를 끌며 땀을 닦고 물을 마셔가면서 산 정상을 향해 열과 힘을 다해 오른다.

산 정상에 올라보면 산 아래에서는 볼 수도 없고 알 수도 없었던 더 높고 새로운 산들이 끝없이 이어져 멀리까지 산 안개에 가려져 희미하게 모습을 떡 드러내고 있다.

높은 산 정상에서 내려다보이는 세상은 작은 마을에서는 볼 수 없었던 선과 선을 이은 네모나고 긴 길로 연결된 논들이 펼쳐 보이다.

햇살에 은빛으로 빛나는 큰 냇가 둑의 하얀 억새를 경계로 둥글둥글하고 좁은 둑으로 연결된 초록의 밭이 산기슭을 따라 줄지어 놓여있다.

건너편 산 밑으로 뚫려있는 터널을 지나는 고속도로에는 동쪽에서 서쪽으로 오가는 자동차들이 앞서거니 뒤서거니 끊어진 꼬리를 쫓아가기에 무척 바쁘다.

건너편 산허리마다 띄엄띄엄 시골에서 도시로 올라오는 송전탑의 여러 줄 전깃줄이 햇살에 은빛 몸이 적나라하게 드러나 보인다.

산기슭 냇가를 따라 길게 이어진 철길에는 푸른색 띠를 두른 열차가 자석에 이끌려가듯이 눈으로 따라가기 어려울 정도로 무척 빠르다.

산 아랫마을에는 황금 붕어빵 천 원에 세 마리라는 푯말이 뚜렷한 주홍색 포장마차가 아파트 입구에 불을 밝히고 있다.

사람이 다니는 길에도 진한 노란 색 귤이 양쪽에 쌓여있고, 붉은 사과와 노란 바나나 뭉치도 보인다.

하얀 교복을 입은 중학생이 길거리 인형 뽑기 앞에서 서성거리며 인형을 고르고 있다.

좁은 동넷길 양쪽에 주차된 자동차를 요리조리 피해 가면서 시내버스가 불을 밝히며 지나가면, 정류장에는 빨간 등산복을 입은 할머니와 검은 테 안경을 쓴 아저씨가 일어나서 버스를 기다리고 있다.

마을에서 산기슭으로 오르는 길에는 많은 사람이 양손에 커다란 물통을 들고 약수를 먹기 위해 줄을 길게 서있는 것이 보인다.

어떤 사람들은 자동차에 물통을 가득 싣고 와서 기다리는 사람들과 말다툼을 일으키고 있다. 서로 어깨를 부딪치며 신발을 밟혀가면서도 약수만 먹고 바로 다시 아래로 내려가는 사람들도 길이 사람들로 채워져 있다.

약수터를 지나 산꼭대기로 올라가는 다소 가파른 언덕배기 흙길에는 이따금 사람의 발 소리가 들린다.

산꼭대기에는 알지 못했던 세상을 알게 되고, 보이지 않던 새로운 산봉우리가 보인다. 산 넘어 들을 지나 멀리 보이는 또 다른 세상이 보인다.

산꼭대기에서는 작은 부분이 합쳐지고 융합된 세상 전체가 눈 아래 펼쳐진다.

산 아랫마을에서는 눈앞만 볼 수 있기 때문에 세세하게 작은 것에만 마음의 욕망이 집착으로 뭉쳐있다.

뭉쳐진 욕망은 다른 사람의 욕망과 부딪히고 싸우며 모두에게 몸과 마음의 병으로 쌓여간다.

욕망을 채우기 위해 진실을 짓밟으며 거짓으로 몸을 부풀려 간다.

욕망이 또 다른 욕망으로 이어지며 거짓으로 부풀려진 욕망은 결국에는 터지는 것이 자연의 운명이다.

산 정상의 정자에 걸려있는 하얀색 원형 시계의 검은 초침은 계속 돌고 돌고 돈다.

산 아래 동네의 슈퍼마켓 계산대 위에 붙어있는 시계도 빨갛게 두 점으로 깜박깜박 깜박 쉼 없이 가고 있다.

지구는 서서 보면 평평하지만 위에서 보면 둥글다.

산은 산대로 있어야 산이다
나무는 나무대로 있어야 나무다
나는 나대로 있어야 나다
있는 그대로가 가장 아름답다
사랑은 아름답다

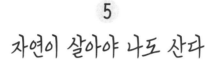

5
자연이 살아야 나도 산다

화암사, 2015. ©

화암사에는 꽃비가 내린다

농촌의 경운기 길은 겨우 승용차 한 대 정도가 지날 수 있는
아주 좁은 길이기 때문에 저편에서 경운기가 오면 다 지나갈 때
까지 기다려줘야 하고, 차가 먼저 들어오면 저편의 경운기가 기
다리고 있어서 여간 미안하고 죄송한 일이지만, 오늘은 다행히
홀가분하게 지나간다.

시멘트길 양쪽으로는 높디높은 푸른색 하늘과 키 재기 하는
진분홍색 코스모스 꽃과 하얀 코스모스 꽃이 바람을 마주하

는 바다의 파도처럼 이리저리 일렁이고 있다.

노릇노릇 고개를 숙여가는 벼 이삭에 스치는 벼 바람 소리가 창문을 내리면서 점점 크고 은은하게 들려온다.

잠시의 머뭇거림도 없이 창문이 아래로 내려감에 따라 알 수 없는 새의 울음소리, 벌레의 속삭임 소리, 억새풀의 부딪힘이 거대한 교향악이 되어 온 산과 온 들에 가을 소리가 커졌다 작아졌다를 되새김하며 차를 에워싸고 있다.

길가 밭둑에 듬성듬성 들어선 감나무에는 가을이 주홍빛으로 빛나고, 산기슭에 듬성듬성 떨어져 있는 작은 농촌 마을의 할머니 할아버지가 밭일에 고개를 들 틈이 없어 보인다.

갑작스런 차에 놀란 길섶의 수꿩 한 마리가 꿔겅꿩 낮가림을 알리려는 듯 푸드득 날갯짓과 함께 저 건너 쪽 산기슭으로 숨어든다.

좁은 길은 어느새 흙과 돌이 군데군데 박혀있는 흙길이다. 옆으로 긴 잡풀들이 우거져서 차에 스치는 소리가 마치 파도를 가르는 돛단배처럼 조금은 위태롭다. 마치 처음 본 낯설음에 어색해하는 것인지, 아니면 이방인의 느닷없는 출현을 금하고자 하는 것인가.

숲이 거세고 길에 그늘이 점점 깊어지는 것을 보니 화암사가 가까워지고 있는 것이라고 생각하는 순간 차가 덜컹하면서 멈춘다.

찻길이 사라졌다. 길옆으로 흙과 작은 돌이 듬성듬성 온몸을 들어 내놓고 있는 작은 공터가 주차장을 대신하고 있다.

차에서 내리니 타고 온 차만 덩그러니 숲 모퉁이에 숨어있고 주변은 온통 참나무 감나무 소나무 밤나무의 아름드리가 성벽을 쌓으며 찾는 이를 산속의 섬으로 안내하고 있다.

몇 발자국 발치에 눈에 띄는 낡은 나무 푯말에 색 바랜 옅은 회색의 화암사라는 이름을 확인한 후에야 작은 오솔길로 들어설 수 있다.

오솔길은 흙과 작은 돌들로 다져진 비스듬한 언덕길 위로 가끔은 제법 큰 돌이 신발에 채인다. 붉은 단풍이 푸른 하늘을 배경으로 더욱 빨갛게 내뿜는 유혹에 카메라의 셔터를 누르지 않을 수 없다.

아주 가느다란 바람 줄기에도 나뭇잎은 땅으로 춤추며 찾아든다. 여섯 잎 빠알간 단풍잎은 제 몸을 빙그르 돌리면서 사뿐히 내려앉고, 길쭉한 참나무 잎은 하늘 계단을 타면서 뒤뚱뒤뚱 내려와 땅을 부둥켜안는다.

떨어진 낙엽은 오솔길 여기저기에 저들끼리 부둥켜안으며 서로의 따스함을 나누고 있다.

붉은 단풍잎은 발에 밟힐 때마다 스스슥 스스슥 붉은 눈물 소리가 난다. 둥글넓적한 참나무 잎은 아그작 아그작 몸을 뒤틀리며 아픔을 하소연하고 있다.

지금 어디로 가고 있는 것인가.

여기가 어디인가를 잊어버리고 오솔길을 오르다 보면 길은 끊기고 산 절벽에서 쏟아져 내리는 작은 폭포 길을 건너면서는 아예 사람길이 없이 바위계곡을 어림짐작으로 한 걸음 한 걸음 계곡물가에 신발을 조금씩 적시며 길을 만들어 간다.

물기 묻은 신발이 가끔은 미끈할 때로 있지만 대략 이삼 미터 될 법한 계곡에 작은 돌무덤들을 넘어오는 냇물 소리가 쉼 없이 이어져 아주 먼 옛날과 함께 바다를 향한 먼 길을 가기 위해 작은 웅덩이에서 옷 매무새를 가다듬으려 빙빙 몸을 돌리고 있다.

작은 웅덩이 물속에 비친 돌을 우두커니 바라보면 백제와 신라가 보이고 고려와 조선이 살아있다.

맨 처음 벼랑 위 바위 터에 기둥을 세우고 대들보를 앉힌 백제 목공의 청정심과 속세와 끊을 수 없는 인연을 자르려고 계곡과 바윗길을 오르고 올라 벼랑 위 작은 터에 가부좌를 튼 원효와 의상이 지금 가고 있는 이 바윗길에 같이 가고 있다.

임진왜란 뜨거운 불구덩일 헤쳐나오며 천오백 년 넘어 흘러왔고 억겁을 흘러갈 물이 옆에 같이 흐르고 있다.

가지고 온 속세의 모든 짐을 내려놓고 손과 발로 막바지 폭포

벼랑길을 넘어오자 비로소 화암사 우화루(雨花樓)에 꽃비가 내리고 있다.

바위, 2015. ©

바위에 미소를 새기다

조그마한 냇가를 건너 오르막 언덕배기 왼쪽으로 난 좁다란
길 막다른 끝을 가로막고 우뚝 서있는 집채보다 큰 바위 앞면
에 활활 피어오르는 연꽃잎을 머리 위에 배경으로 해서, 가지런
하고 단정한 연꽃잎 받침 위에 세 분의 부처상이 앞을 바라보면
서 서있는 모습으로 새겨져 있다.

가운데 서있는 석가모니 부처상은 보통 어른 키보다 크고 한
쪽의 보살상은 어른 키보다 조금 작고, 다른 한쪽 보살상은 오

른손을 뺨에 대고 앉아서 생각하는 자세로 앉아있다.

세분 부처상은 바위 표면에서 조금씩 도드라져 보이게 반입체적으로 조각되어있다.

천사백여 년 전에 불심 깊은 마음을 모두 모아 처음으로 연꽃 한입을 태초로부터 서있는 바윗돌에 새기기 시작한 장인의 손은 한 톨 한 톨 바위를 쪼아내며 다듬고 쓰다듬어서 연꽃잎 한 잎 한 잎이 지금도 막 불꽃이 되어 활활 피어오르고 있다.

어른 키보다 큰 가운데 부처상에 긴 장삼의 옷을 입히고 몇 가닥의 옷자락 주름으로 몸의 전체를 휘감아 돌아서 평정심이 스스로 스며나온다.

얼굴 전체는 바위 표면에서 더욱 도드라진 반입체적인 모습으로 새기고 오똑한 코와 도톰하고 부드럽고 섬세한 선으로 올려 새겨진 얼굴 볼살은 살아있는 부처가 바위에서 지금 막 걸어 나오려고 한다.

천천히 완만하게 양쪽으로 살며시 휘어진 눈썹과 도드라진 눈동자를 감싸 안은 채 둥그렇게 휘어진 양 눈두덩이 눈 끝으로 오므라들면서, 도드라진 위아래 입술의 두툼한 선위에서 스며 나오는 미소를 보는 순간 그 자리에서 돌이 된다.

움직일 수가 없다.

숨이 턱 막혀온다.

말을 잊어버린다.

나를 잊어버린다.

죽은 바위에서 생명이 잉태되고 있다.

생명의 미소를 맞이하는 사람들의 얼굴에서도 아침 햇살이 빛나고 있다.

주변에서 흔히 볼 수 있고 아무도 쳐다보는 사람이 없는 보잘 것없고 하찮은 언덕길의 바윗돌에 살아있는 미소를 새겨 넣은 장인이야말로 진정한 의미의 예술가이고 바윗돌의 부처상의 미소는 누구도 모방할 수 없는 예술작품 그 이상의 보물이다.

예술은 죽어있는 소소한 사물에 생명을 잉태시켜서 살아있는 생명으로 만드는 창작이다.

그 창작된 생명을 맞이하는 사람들의 감성에 사람의 미소가 전달된다.

물돌, 2018. ©

자연 휴양림에서
이미자와 나훈아를 만나다

　휴대폰의 알람보다 잠을 싫어하며 귀엽고 앙증맞지만 제일
부지런한 동그랗고 까만 탁상시계가 따르릉 따르릉 잠 깨는 소
리에 다소 놀라지만 눈은 감은 채로 손만 알람 멈춤을 꾹 누
르고는 이내 아침이 모르게 이불을 머리 위로 당기지만 또다시
따르릉 따르릉 알람시계의 깨우는 소리에 억지로 눈을 뜨고는
잠시 무엇인가를 생각하는 듯하면서 이불을 걷어차고 침대에서

일어나서 칫솔에 치약을 꾹 눌러 싸면서 마지막 잠과의 투쟁을 끝내려 하고 있다.

오늘 아침도 온몸 샤워를 끝내고 나서야 잠과의 싸움에서 승리했다는 성취감으로 하루를 시작한다.

새롭지만 그다지 신선하지 않은 오늘 아침 뉴스를 작은 집 안에 가득 채우려는 기세로 텔레비전 아나운서의 목소리가 카랑카랑하다.

냉장고 속을 주욱 지나면서 어제 남긴 된장찌개와 전기밥솥의 한 주걱 밥을 말아서 몇 숟가락인지 모르지만 아침밥으로 처리하거나 어느 날은 한 손에 토스트 하나를 움켜지고 한 손엔 리모트 버튼을 현란하게 누르며 150여 개의 채널을 주욱 스캔하는 동안에도 입으로 달걀 프라이와 토스트 한 움큼을 앙 물어뜯고 있다.

달걀 프라이 한 조각이 식탁에 떨어지는 것을 얼른 주어서 입에 넣고 눈으로는 다시 채널을 스치며 휙휙 지나가면서 오늘 아침도 일하러 갈 준비를 마친 것 같다. 준비라고 말하기도 민망하지만 매일 매일 벌어지는 일들이라 그다지 새롭지는 않다.

아침 엘리베이터가 아파트 층층을 여행하다 힘들게 문이 열리면 여러 개의 눈들이 한꺼번에 팍 쏟아진다. 아직도 눈을 뜨지 못한 여학생의 머리에는 분홍색 헤어 롤이 똘똘 말려져 있다.

이중 주차된 차를 앞에서 밀고 뒤에서 당기면서 간신히 주차장을 빠져나오는데 저 건너편에서 아침소리 지르는 아저씨의 휴대폰 소리가 아파트 주차장에 가득하다.

"빨리 와서 차를 빼요, 에잇!"

누구의 자동차 크락션이 큰소리를 내는 가를 경쟁하면서 앞서거니 뒤서거니 하면서 거리엔 온통 자동차와 그 사이를 비집고 귓가에 거슬리는 막가는 사람소리들로 오늘 아침도 거리거리가 출렁출렁 대며 사람들을 실어 나르고 있다.

'그래 오늘만은 잊자, 잊어버리고 가자.'를 속삭이며, 마음속에 즐거움과 가벼움만 채우고 다 놓아버리고 가자고 또 생각하고 다짐하니 이미 앞에는 초록 나무와 이름은 알 수 없지만 바람 따라 몸을 뉘였다 일으켰다를 반복하는 야생초들의 떼춤이 아주 신선하고 아름다운 걸 보니, 아! 진정 휴가를 가고 있는 것이구나!

아무 계획 없이 훌쩍 떠나는 여행(?)은 여느 때도 자주 있는 일이지만 이렇게 휴가라는 이름으로 가는 여행은 두 밤이나 세 밤 정도를 밖에서 자야 하는 비교적 장기여행이기 때문에 무엇인가의 계획이 필요하다.

계획이라기보다는 마음의 준비라고 해야지 부담이 적을 것 같다.

사람들이 많은 곳보다는 적은 곳을 가고 싶고, 인공적으로 만들어지지 않고 자연적인 곳에 머무르고 싶다.

일상의 모든 굴레를 벗어버리기 위해 텔레비전 인터넷 휴대폰 등 모든 전자기기는 사용하지 않으면서 오로지 나만으로 있기를 바란다.

소나무 참나무 칡넝쿨이 어우러지는 산과 풀의 향기와, 졸졸 쫄쫄 내리흐르는 산 냇가 소리에 이따금 들리는 꾸욱 꾹 삐리릭 산새의 소리, 무슨 소리인지 알 수 없어서 더욱 슬픈 수많은 벌레 소리에 그냥 그 속에 푹 파묻히고 싶다.

발바닥을 간질이는 흙냄새의 사각사각 스륵스륵 소리를 세면서 그저 산속 길을 걷다 보면 이마를 타고 주르륵 내려오는 땀방울의 짭조름한 냄새도 향기롭다.

산 풀잎을 따라 방울방울 떨어지는 산 냇가물이 목넘이 할 때면 내가 산인지 산이 나인지를 물어볼 필요가 있을까?

그래서 자연 휴양림에서 휴(休)는 사람이 나무가 되는 것이고, 양(養)은 나무를 푸르게 푸르게 자라게 하듯이 사람도 나무와 같이 청정한 마음과 건강한 몸으로 키워주고 잘 자라게 해주는 것인가?

자연 휴양림은 회색빛의 표정 없는 빌딩과 네온의 빨강 파랑 노랑의 색보다는 나무 향기와 풀냄새가 물씬 묻어나는 초록색 바다이며, 인공의 기계 소리나 전자소리보다는 차르르 차르르 참나무 사이로 나르는 참나무 소리, 휘휙 휘휘 소나무 사이로 빠져나가는 소나무 소리가 사람들을 그냥 그 자리에 돌이 되게 만든다.

산속에 쏟아지는 밤하늘의 별빛은 크거나 작거나 저마다 제 색깔의 빛으로 뚜렷이 밝히고 있다. 조금 붉은색, 노오란 색, 흰색, 조금 흰색, 등등 말할 수 없는 많은 색으로 하늘에서 아름다움과 신비스러움을 펑펑 내리고 있다. 그래서,

산은 밤에도 잠들지 않는다.

그러나, 웬 전자기기 소리와 마이크 소리에서 이름 없는 잡초라네…가 산 속의 밤을 으그적 으그적 씹어 먹어버리고 이름 없는 여인아…가 그 많은 별빛도 살라버린다. 나무와 새소리와 별빛이 살고 있는 자연 휴양림에서 노래자랑대회가 열리고 있다.

찌찌 쭈르륵 뚜뚜 삐삐 이잉잉 벌레들 울음소리도 귓바퀴 부근을 뱅뱅 돌아서 사라지고 다시는 돌아오지 않는다. 저 건너편 어둠을 가르는 서쪽 새 소리가 서쪽쪽 서쪽쪽 골짜기로 곤두박질친다.

그 많은 별의 빛도 하나둘 색이 바래지며, 서쪽 하늘 한 모퉁이쯤에서 붉은색 별똥별의 기다란 외로움이 화살 시위를 떠나고 있다.

산, 2018. ⓒ

광고판만 있고 산은 없다

자그마한 회색빛 우편함의 뚜껑이 입을 허공으로 헤벌레 벌려져서야 우편물이 손에 들려오는 것도 벌써 오랜 경험이면서 하루하루의 생활의 조각판을 맞추어가는 작은 조각의 한 부분이 된 것이 언제부터인지도 모르게 습관이 되어버렸다.

날마다 새로 문을 연 자장면집, 두 마리를 한 마리 값으로 세일하는 치킨집, 콜라가 공짜라며 뒷면에 자석까지 붙여진 피자가게, 건강을 운동으로 지키라는 실내체력단련센터.

우편물을 확인할 때마다 한 번도 결석한 적이 없는 축복이 대박으로 쏟아진다는 교회 안내서, 학원에 보낼 아이들도 없건만 언제나 공부시켜준다는 학원, 부모님 마음으로 힘과 예의를 가르쳐준다는 태권도, 잘살게 만들어준다는 구청과 동사무소 동정소식.

그리고 눈으로 두세 번 확인하면서 책꽂이 귀퉁이에 살며시 끼워 넣는 노르스름하고 길쭉한 주민세 고지서 한 장.

저녁으로 무얼 먹을까 하면서 동시에 텔레비전 채널의 한 집 너머 방송되는 『먹어야 산다』 방송 중에서 떡볶이와 라면의 조화를 치즈로 엮어낸 떡볶이 라면으로 저녁 배를 잠잠하게 잠재운다.

식후에 입가심으로는 지난주 아이돌 가수들이 부른 커피 돌림노래로 귀에 맴맴 도는 커피가 자연스럽게 머그잔에서 작은 몸짓으로 춤추는 하이얀 커피 김과 커피 향이 작은 방의 이곳저곳을 서서히 채워가고 있다.

휴대폰에서 호출하는 비발디의 바이올린 소리에 화면을 열면 알 수 없는 광고 소리와 영상이 눈감을 틈도 없이 휘휙 사라져가는 시간을 따라가고 있다 보면 오늘 밤도 이렇게 지나가려나 보다.

거리에 나오기가 무섭게 자동차는 어지러움으로 휘청휘청 흔들리며 크렁크렁 알 수 없는 신음을 한다. 길가에는 읽을 수도 없고, 셀 수도 없는 많은 간판 안내판들 현수막들이 정신없는 바람처럼 사방팔방에서 차창을 때린다.

그래서 도시에는 신호등이 많이 있는 것인가 보다. 신호등에서 잠시 멈추어서 정신을 차리고 운전하라는 것이 아닐까.

그래서 더욱더 신호등을 주시하고 있다 보면 눈이 크게 떠지며 정신이 깜짝 놀라고 마음이 어찌할 바를 모르고 혼란스럽다. 그래 정신을 바짝 차려야 살 수 있다.

빨강 노랑 파랑 긴 신호등 철 난간에 옹기종기 늘어선 안내판들.

신호준수- 파랑 신호 시 급출발 금지

노랑 신호 시 진입금지- 예측 출발 금지

동그랗고 빨간 테를 두른 제한속도 60

노오란 색을 입힌 신호 과속 단속 장비.

앞에 팔방으로 눈을 부릅뜨고 돌리며 내려다보는 비디오 카메라.

네모 반듯하고 파란색으로 칠해진 비보호 좌회전.

작은 바람에도 신호등이 위아래로 흔들리고 있다.

태풍이 오는 날에는 어김없이 텔레비전 뉴스 화면에 마구 흔들리는 신호등이나 길가에 나뒹구는 신호등이 태풍의 첫 신호이다.

쓰러져 땅에 누운 신호등에서 빨간 신호등이 깜박깜박 충혈
된 눈을 부릅뜨고 있다.

그래도 시골길은 군데군데 막힘이 없어 잠시나마 자유롭게
여기저기를 여행하는 눈이 초롱초롱하다.

논둑과 논둑이 꾸불꾸불 오며 가며 앞창으로 쏟아져 들어오
고 밭고랑 고랑이 돌림노래가 되어 옆 창문을 두드리고 있다.

살아있는 생명에 고마움이 저절로 스며나오고 지금 여기에
있음에 감사함이 새록새록 움트며 올라온다.

진한 이쪽 초록과 저쪽 초록 사이의 냇가에 놓인 다리의 주
홍색 철제 받침과 하늘을 향에 반항하는 진한 주홍색의 둥그
런 철제 아치가 외롭다.

산길 고갯길은 자동차도 숨차고 위윙윙 비명 치며 비틀비틀
오르며, 굽이굽이 몰아치면 왼쪽 오른쪽으로 흔들흔들 비탈 고
갯마루에 어찌어찌 올라서면 산 아래가 아스라이 눈에 밟힌다.

눈 위로는 저 멀리 형형하고 색색한 바위 병풍이 가는 차를
멈추어 세우고, 숨소리에 민얼굴 밟힐까 바깥 사람의 숨소리마
저 죽이고 있다.

그러나 산은 없다.

고갯마루에 서서 산을 찾고 있다.

폭은 대략 일 미터는 넘을 것 같고, 높이는 대략 십 미터는 됨직한 거대하고 둥그런 철제 아치가 떡하니 눈을 찌르고 있다.

아치 중간 사이로 너비가 일 미터 정도는 되고, 길이가 십 미터는 됨직한 철제간판이 아치의 중간을 가로지르면서 '살기 좋은 금수강산'이라고 울부짖는다.

양옆 사이 아치 기둥에는 한국에서 제일 좋은 타이어라는 글자가 삐뚤하게 서있다.

살기 좋은 금수강산 광고판 위에 진한 회색빛 산비둘기가 울고 있다. 구구국 구구구 꾹꾹국 꾸국….

나무 그림자, 2015. ⓒ

검은색 비닐 봉지에는 무엇이 들어있을까

손가락 끝이 으시시 아려오는 늦가을 아침은 산등성이를 살짝 넘어오는 서너 줄기의 붉은 햇살과 주차장 가장자리의 샛노란 은행잎이 뿜어내는 가을 향이 어우러지고 있다.

'산사랑 산악회'라 쓰인 버스, '자연사랑 산악회'라 쓰인 버스, '백두대간 지킴이' 산악회의 버스 사이를 비집고 산으로 오른다.

입구에 세워진 조금은 페인트칠이 낡아서 군데군데가 흐릿흐릿한 산행안내 지도에서 대략적인 산행정보를 눈으로 기억하면서 인터넷에서 인쇄한 산행지도와 맞춤은 별로 도움이 안 되고 있다.

대략 칠백칠십 미터 정도의 그리 험하지 않은 산이고 바위산이 아니라 높은 언덕을 걷는 정도의 산이라는 정보를 믿고 그냥 산기슭에 들어선다.

자갈 크기의 돌멩이들이 촘촘히 박혀있는 산길 입구는 주말 저녁 지하철 출구보다도 더 많은 등산객이 한꺼번에 몰려들고 있다.

진한 빨간색 등산복의 아저씨의 웃음소리에 주홍색 노오란 바탕에 검은색 가로줄이 처진 등산복을 입은 아주머니의 살아있는 사투리가 귓가를 때린다.

검은색 바지에 주홍색 줄이 등 뒤를 휘감아 돌아 다시 빠알간 색과 만나는 등산복 상의를 입은 아주머니의 까깔깔 터지는 웃음소리에 가을이 움찔 놀랜다.

손들면 닿을 듯한 단풍잎 다섯 잎을 흔들거리며 사람들의 등 뒤로 단풍잎이 앞서니 뒤서거니 땅으로 뒤뚱뒤뚱 내려앉는다.

둥글둥글 떨어지는 빠알간 단풍잎에 눈을 마주치면서 폭풍으로 몰아치는 산행 사람들의 뒷모습이 사라질 때쯤에야 비로소 산길에 어지러이 놓인 돌무덤과 바윗돌을 피해 가면서 이리저리 한 걸음 두 걸음 산을 오른다.

산과 산이 마주 보는 계곡으로 제법 큰 물웅덩이가 있고 그 위로 이삼 미터 높이의 물이 휘몰아 쏟아지는 폭포가 시간을 모르고 한낮의 아주 파아란 가을 하늘을 연못에 비추고 있다.

손바닥으로 스며드는 차가움이 이마에 내리는 땀방울을 멈추게 한다. 계곡을 따라 듬성듬성 놓인 바위를 징검다리 삼아 건넌다.

아래를 보면 빠르게 아래로 흐르는 산 계곡 물살을 가르는 두세 마리 송사리가 아주 얇고 가느다란 꼬리를 왼쪽 오른쪽으로 쉼 없는 몸짓 하며 위로 위로 오르려 한다.

계곡의 물소리가 점점 잦아들면서 산길은 한사람 정도 지나갈 아주 좁은 언덕길과 바위길이 앞서거니 뒤서거니 산 오름을 막아서고 있다.

한 걸음에서 두 걸음이 무겁고 느릿느릿 땅바닥에 부딪히고 등 뒤로 흐르는 땀이 옷 밖으로 묻어나면 이마에서는 땀으로 비가 내린다.

발걸음은 스스로를 멈추게 하며 배당에 담긴 물병은 어느새 입 속에서 자맥질치며 뱃속 뼛속에 산바람으로 배가 불러온다.

이따금 알 수 없는 새 울음소리가 이 산 저 산을 메아리로 울리고, 이내 아무 소리도 들리지 않는 산 계곡 언덕배기는 사람인지 산인지를 분별하지 않는다.

더 이상 오를 길이 없는 산꼭대기에는 작은 돌무덤으로 둘러싸인 작은 돌비석이 넓은 하늘을 향해 제 이름을 지금도 외롭게 써내리고 있다.

몇몇 무리의 사람들에게 짓밟힌 산꼭대기 좁은 돌무덤 터에는 찢어진 신문지 조각이 산바람에 어지러이 굴러다니고 반쯤 담긴 플라스틱 생수병이 자그마한 소나무 가지에 업혀있다.

제 아픔을 스스로 아직 떨구지 못한 빨간 단풍나무 아래에는 검은색 비닐봉지가 입을 헤벌레 벌린 채로 산바람에 못 이기듯 토악질하고 있다.

컵라면 붉은색이 단풍에 묻혀있고 한 움큼 라면 줄기가 소나무 밑으로 기어가고, 반쯤 찌그러진 귤 조각과 껍질을 채 깎지 못한 채 버려진 사과 한 조각에 개미 한 마리가 축 늘어져 있다.

갈색의 초콜릿 봉지와 누우런 비스킷 봉지는 아직 검은 봉지 안에서 꾸역꾸역 구겨져 있다.

푸르디 푸른 하늘이 으스시 추워오는 산꼭대기에는 철모르는 고추잠자리 한 마리가 산바람에 휩쓸리며 날갯짓하고 있다.

담쟁이, 2018. ⓒ

🌸 안녕하세요는 안녕하신가요

온몸으로 햇살을 맞이하는 진달래꽃 서너 줄기에 매달린 꽃
봉오리가 진한 분홍빛 향을 파란 하늘에 물들이고 있다.

산허리 남향은 연한 진달래 꽃잎이 아직 겨울옷을 벗지 못한
약한 바람에도 흐느적흐느적 흐느낀다.

무척이나 부드러운 노오란 매화꽃 꽃이 벌써부터 봄맞이 나
온 새끼 벌과 입맞춤하고 있다.

산으로 오르는 길은 한사람 겨우 지나갈 정도로 좁아지고 바

윗길과 미끄러운 흙 자갈길로 이어져 네다섯 걸음 옮길 때마다 숨을 몰아쉰다.

등에 멘 배낭이 무거워 보이는, 육십 대쯤 되어 보이는 아저씨를 위해 바위틈 소나무에 의지하며 잠시 숨을 고르면 "안녕하세요."라는 아저씨의 힘찬 소리에 이마를 흐르는 땀방울이 멈칫하며 "네 안녕하세요."라고 응답한다.

바위틈으로 이른 봄맞이 나온 진달래 꽃봉오리가 분홍색 한 잎을 살짝 펼치고 있다.

산속 바위언덕 비탈길에는 사람 소리가 살아있다.

산 이름과 산 높이가 쓰여있는 작은 돌로 쌓은 돌무덤 위에 비석이 덩그렇게 서있고, 돌무덤에 걸치고 앉아 페트병 물을 마시는 두세 명의 사람들에게,

안녕하세요.

말 건네며 지나쳐가지만 이름을 알 수 없는 새의 울음소리가 등을 탁 치고 밀어내며 발걸음을 재촉한다. 이마의 땀에 눈이 맵다.

올라온 길을 다시 내려가는 길은 숨이 차도록 땀이 나지는 않지만 한 걸음 한 걸음 내딛는 발은 천천히 조심조심해야 바윗길에 상처를 입지 않는다.

양손에 등산 스틱을 짚고 머리 위에서부터 길게 늘어진 진한 초록색 모자의 파란 가리개로 얼굴을 가린 채 비탈진 언덕길을 오르는 아주머니에게,

"안녕하세요."

산인사 하지만 으스스한 산바람이 등을 때리고 나뭇가지에 스치는 왼쪽 볼 둔덕이 붉은색으로 물들어가고 있다.

아파트 경비실에는 오후 햇살 따스한 졸음이 경비원 아저씨 눈 위에서 간지럼 타고 있다.

아파트 화단 길에 나와 앉은 할머니의 눈총이 온 얼굴로 내리쏟아지면 반대쪽에 비뚤하게 주차된 검은 색 자동차로 고개를 돌려야 한다.

엘리베이터 앞에 서있는 초등학교 남학생은 휴대폰 속에 눈이 파묻혀서 엘리베이터 문 안으로 휴대폰이 들어오고 있다.

오 층에서 멈춘 엘리베이터 문 앞에는 할아버지 한 분과 이십 대로 보이는 젊은 남자가 우두커니 서서 안쪽을 쳐다보다가 닫히려는 엘리베이터 문을 양손으로 열어젖히며 우당탕탕 안으로 뛰어들고 있다.

휴대폰만 보고 있는 초등학생은 아직도 아파트 층을 누르지 않고 있다. 십일 층에서 젊은 청년은 엘리베이터 문이 열리자마자 뛰어내린다.

빨간 장미꽃이 활짝 핀 잠옷 차림의 아주머니가 얼굴이 하얀

털로 뒤덮인 강아지를 두 손으로 받히고 살며시 앞가슴으로 안고 있다.

할아버지가 털북숭이 강아지와 눈을 마주치려고 자세를 낮추며 까꿍 말을 건네고, 초등학생은 머리털을 한참 쓰다듬으며 이름을 물어본다.

털북숭이 강아지는 눈만 감았다 떴다 하고 있고, 아주머니는 강아지를 끌어당기며 입맞춤한다.

보이는 것은 누구나 다 볼 수 있다

그러나

미래의 길을 볼 수 있는 사람은 없다

신이 뒤에도 눈을 주지 않은 것은 잠시 멈춰서 뒤를

돌아보라는 것이다

뒤를 돌아서 보면 앞으로 가야 할 방향이 보인다.

6
앞만 보면 멀리 갈 수 없다

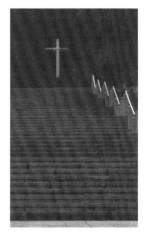

십자가, 2016. ©

목사님 목사님 우리 목사님

자동차가 양방향으로 한 대씩 다니는 길 양쪽으로 이삼 층의 상가건물이 길을 따라서 늘어선 뒤편으로 십오 층 아파트 두세 개 동이 덩그러니 서있다.

이 층으로 오르는 계단 바로 옆 이발소에서 튕겨져 나오는 대중가요가 길거리 밖까지 요란하다.

과일가게 밖에 늘어놓은 사과 상자 더미 옆에 노오란 색에 하얀 줄무늬 참외가 층층이 쌓여있다.

상가 이 층 복도 끝에서 바람기 없는 풍금 소리에 업혀진 찬송가 소리에 발걸음을 멈칫하고 뒤꿈치를 치켜세우며 삼 분의 이 정도가 가려진 창문 너머로 고개를 들어 몰래 들여다본다.

일요일 주일 대예배가 시작하고 있다.

가운데 좁은 통로를 사이에 두고 긴 나무의자가 양쪽으로 대략 열 개 정도씩 나란히 나란히 줄지어 놓여있다. 여자 쪽으로 대략 열두세 분 정도 찬송가를 부르고, 이쪽 남자들은 한 여덟 분 정도 듬성듬성 앉아서 찬송가를 넘기고 있다.

맨 앞줄 의자에는 회색 정장에 연한 남색 넥타이를 매고 검은 머리보다 흰머리가 더 많아 보이는 칠십 대 할아버지와 연한 회색 저고리에 하얀 꽃이 그려진 한복을 입은 할머니가 나란히 찬송을 부르고 있다.

바로 뒷줄에는 분홍색 보자기에 싸여 잠자고 있는 갓난아이를 안은 아주머니가 남편이 들고 있는 찬송가 책 속으로 빠져들고 있다.

인간의 몸으로 낮은 데로 오신 예수님은 우리의 생활 터전 구석구석을 몸소 찾아주시고 힘들고 외로운 사람들에게 손을 잡아주시는 사랑으로 몸단장한 인간의 화신입니다.

목사님 말씀은 차분차분하고 온전하게 진정이 묻어나는 음성으로 사람들의 가슴을 은근히 두드리고 있다. 키가 한 일 미터 팔십은 됨직하고 머리를 단정히 다듬으시고 진한 남색 양복에 연한 회색 넥타이를 하신 목사님은 우리가 살아가면서 지키고 간직해야 할 삶의 교과서 같은 말씀을 한 편의 수필을 쓰듯이 말씀하신다.

상가 이 층의 전셋살이 교회에서 이십여 명의 교인과 함께 일요일 주일 점심은 언제나 교회 안에서 잔치가 벌어진다.

김 집사님이 김치와 깍두기를 싸오시고 오 권사님이 국수를 삶아주시면 사모님의 비빔국수와 잔치국수가 교회 의자 테이블로 줄지어 앉아있고, 여기저기서 후르륵 후르륵 국수 넘기는 소리가 맛있다.

다음 일요일 주일은 박 집사님 맏아들 돌잔치를 할 예정이다.

교회를 처음 시작한 도시 변두리는 오육 년 전만 해도 흙먼지 날리는 비포장도로에 비만 오면 온몸에 흙탕물이 튀어 날리고 아파트 공사장 옆으로는 미나리밭에 물이 가득했다.

도시의 주변부 사람들이 하나둘 모여 살면서 제법 동네가 만들어지고 한결같이 힘든 사람들이 교회를 찾아왔다.

목사님의 전세금 보증을 대신 받아서 포장마차 사장님이 된 박 씨 아저씨 네 식구는 다시 웃음을 찾았다.

연세 많으신 오 할머니가 아파서 교회에 못 나오시는 날은 라면 두 상자 짊어지고 심방 가시어서 예수님은 할머니를 제일 사랑하신다는 목사님 말씀에 입가에 가느다란 미소가 피워 나온다.

한 중학생의 밀린 등록금을 장학금으로 대신하신 목사님의 구두에서는 쇳조각 부딪히는 소리가 시멘트 바닥을 울리고 있고, 사모님은 낮으로 일하시고 밤으로 일하시느라 다리가 퉁퉁 부어올랐다.

교회에도 일요일 주일에는 팔구십여 명의 찬송소리가 온 상가 일 층과 이 층에 가득 가득 충만하다.

십오륙 층 아파트가 솟아오르면서 길 건너편 빈터에는 연한 회색 대리석과 붉은 벽돌로 종루를 세운 커다란 새 교회가 시내에서 이사를 왔다.

밤에는 붉은빛을 뿜어내는 커다란 십자가가 교회 대리석 위에 하늘을 찌르면서 꽂혀있다. 교인이 오백 명이네 칠백 명이네 하며 벽면에는 은빛으로 칠해진 길고 짧은 파이프들이 매달려 있다.

지금은 상가 두 개를 가지고 있는 포장마차 사장님과 주위 가족들이 작별 인사도 남기지 않고 제일 먼저 큰 교회로 옮겨 갔다. 장학금을 받은 중학생 가족은 아이들 교육을 위해 옮겨야겠다는 말을 전하고 큰 교회로 갔다.

그러면서 목사님의 두통은 점점 심해져갔다. 한번 통증이 오면 어떤 두통약도 듣지 않는다. 머리가 무언가에 꽉 눌리고 땅으로 꺼져가는 기분이 한 일주일쯤 계속되다가 그냥 이유 없이 사라져간다.

'주님 차라리 저를 거둬가주십시오.' 외치는 목사님의 기도가 상가 이 층 빈 교회 안을 메아리로 울고 있다.

머리에 비단으로 곱게 접은 흰 머리띠를 두른 어린아이 머리 위에 업혀진 목사님 손이 사르르 떨리면서 성부와 성자와 성신의 이름으로 세례식이 열리고 있다.
새로 이사 온 젊은 부부의 첫 아이에게 주님의 이름을 불러 주고 있다.
목사님.
목사님.
우리 목사님!

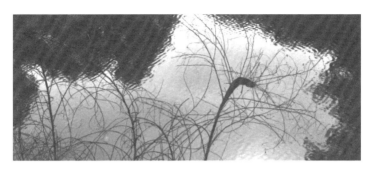

물그림자, 2015. ©

색 바랜 흑백사진에 멈춰선 시간

사진의 속성 중의 하나는 책상이나 도서관에서 또는 카페에 앉아서 상상력이나 창의력이라는 지식과 생각만으로 사진을 찍을 수 없다는 것이다.

카메라라는 촬영기계를 가지고 사진을 찍고자 원하는 대상체가 존재하고 있는 현장에 사진을 찍는 사람이 반드시 존재하고 있어야 한다.

다시 말하면 대상체와 카메라와 사진을 찍는 사람이 반드시 같은 장소와 같은 시간에 동시에 존재해야 한 장의 사진을 찍을 수 있다.

사진을 찍는 방법에 따라서 대상체와 장소는 반드시 사진에 찍히지만 장소가 어디인지 어떤 장소인지는 구체적으로 사진에 나타나지 않을 수도 있다. 그리고 시간은 사진의 어디에도 나타나지 않고 시간을 사진으로 찍을 수도 없다.

카메라의 셔터를 누름과 동시에 시간은 사진 찍힌 대상체 속으로 들어가 숨어버리면서 멈춘다.

그래서 사진의 시간은 항상 과거형이다.

그때 거기, 아니면 그냥 그때를 보여주고 있다.

한 장의 사진을 본다는 것은 과거를 현재로 불러내서 현재라는 시간과 공간의 필터를 통해서 과거의 사건과 공간을 내가 다시 기억 속에 입력시키는 것이다.

명함 크기보다 조금 큰 흑백사진 한 장이 보인다.

사진 모퉁이 가장자리가 뜯겨져나갔고, 희미한 흑백사진의 밑에서 삼 분의 일 정도까지 색이 누렇게 변색된 부분이 옅게 번져있다.

하얀 저고리의 앞가슴에 둥그런 고리로 매어진 굵은 옷고름 두 가닥이 남색 치마 위로 길게 늘어져 있다.

둥그런 얼굴은 조금은 부어오른 듯한 볼에 일자로 다문 입술과 눈에서는 금방이라도 눈물이 펑펑 쏟아지려 한다.

열여덟 어린 소녀와 어깨를 맞대고 서있는 스무 살 청년은 머리를 짧게 깎은 까까머리에 입을 꽉 다문 채 일본군 군복을 입고 서있다.

결혼한 지 여섯 달도 채 되지 않은 어린 신랑이 일본군으로 강제 징집되는 날 어린 신부와 찍은 흑백사진이다.

청년의 아버지는 고종임금이 다스리는 조선의 백성으로 태어나 조선 땅 남녘에서 농사를 지으면서 천자문부터 소학 대학에 이르는 학문을 통해서 소년에게 조선을 가르치고 조선 이름을 가진 조선 백성으로 키웠다.

그 조선 청년이 지금 일본군 군복을 입고 일본군으로 끌려가고 있다.

어깨를 맞대고 옆에 선 어린 신부의 눈망울은 부어오르고 금방이라도 터질 듯 안타깝다.

아래로 가라앉은 채 꽉 다문 입은 차마 하지 못한 말로 어찌할 바를 모르고 있다.

일본의 히로시마 교외 지역에 처음 도착한 조선인 청년 일본군은 원자폭탄이 투하된 히로시마 시내를 순찰하면서 셀 수 없는 수많은 사람의 처참한 모습을 차마 볼 수 없어서 구토와 어지러움으로 눈물조차 나지 않는다.

일본의 항복과 함께 조선 땅 남녘으로 다시 돌아온 청년은 해방 전후의 사회적 흥분과 혼란의 시기를 지나면서 육이오 전쟁으로 같은 마을 사람끼리 죽이고 죽임의 현장의 한가운데 서 있다.

지리산 줄기를 이어 내려온 남녘 끝에도 빨간 완장과 죽창이 동네를 휩쓸며 피 묻은 옷들이 이 집 저 집에 걸리고 있다.

스물여섯 청년은 지주라는 이름표를 붙인 채 사오십여 명의 다른 이름들과 함께 앞 동네 뒷산에서 한밤중에 목 뒤로 칼에 찔리고 옆구리로 칼이 쑥 들어와서 시뻘건 피가 질퍽하고 아우성치는 죽음의 괴성과 뒤엉킨 시신들로 산 언덕배기 풀밭이 온통 뒤범벅이 되어있다.

그리고 얼마인지 모를 캄캄한 밤의 고요를 깬 것은 까아악 깍 까마귀 울음소리가 나지막이 귓가에 스며들며 청년의 정신을 깨운다.

칼에 찔린 뒷목과 옆구리에는 엉킨 피가 굳어져 피를 막고 있다.

하늘에는 차가운 별이 총총하다.

산허리와 긴 산등성이를 따라 넘어지며 걸으며 쉬며 새벽녘에 읍내 경찰서에 도착한다.

마을에는 다시 경찰이 들어왔다. 저 사람 이 사람 손가락이 가리키는 데로 탕 탕 탕 총소리가 저주지 위 도둑골에서 서로 부딪히며 아우성친다.

흑백사진의 과거 시간은 현재에도 진행형이다.

그림자, 2016. ©

🌸 하얀 와이셔츠와 하얀 봉투

흙모래로 잘 다듬어진 학교 운동장 끝 시멘트 블록 담장 둘레로는 키가 구름에 닿을 만큼 큰 미루나무 서너 그루가 바람결에 사르르 사르르 흔들리고 있다.

담장 바로 너머로 우뚝 솟아오른 성당의 붉은색 종탑에서는 매일 오전 열두 시마다 덩그렁 덩그렁 기도 종소리가 울린다.

왼쪽 가슴에 하얀 이름표가 달린 검은 교복을 입은 학생들의 머리가 유리창으로 쏟아지는 햇살에 반짝반짝 빛난다.

밝은 회색 양복에 하얀 와이셔츠와 노르스름한 점이 촘촘히 박힌 남색 넥타이를 맨 선생님이 교단에 서서 눈빛 초롱초롱한 학생들을 마주 보고 있다.

새로운 학교에서 새로운 선생님과 새로운 친구들을 만나서 새로운 세상을 만들어가는 것은 남이 아니라 바로 내가 만들어 가야 한다.

내가 이 새로운 세상의 주인공이다.

그리고 하루하루 지나가는 시간은 다시 돌아올 수 없다.

순간순간 최선을 다해 지금 오늘의 주인공이 되어야 먼 훗날 뒤돌아보는 청춘이 아름답게 기억될 것이다.

네,

열여섯 일곱 살 까까머리 학생들의 대답에 교실 복도 창문이 부르르 흔들린다.

물리 선생님은 왼쪽 뺨이 이미 붉은색으로 변한 학생의 얼굴에 손바닥을 내리치고, 책꽂이 너머로 마주 앉은 선생님은 어제 종례를 대신 봐주지 않았다고 눈길을 애써 피하고 있다.

고개를 들지 못하고 교무실 나무 바닥만 내려다보고 있는 네 다섯 명의 학생들이 등록금 재촉으로 입이 마르고 있는 옆 반 담임선생님 앞에 무릎을 꿇고 있다.

교무실 한가운데 긴 테이블에 앉아있는 교감 선생님은 등 높은 의자에 머리를 기대고 눈을 감고 있다.

하숙집은 안채와 마당을 사이에 둔 별채로 만들어진 옛날 기와집이다. 마당 한가운데 둥그런 꽃밭에는 붉은 닭 볏을 모양의 맨드라미 주홍색 봉숭아 빠알간 다알리아 꽃이 온 집안을 야릇한 향기로 가득 채우고 있다.

빨간 장미꽃이 그려진 하얀 포장지에 싸인 자그마한 직사각형의 상자가 하얀 창호지에 나무 창살이 촘촘하게 박힌 여닫이 방문 앞에 반듯하게 놓여있다.

반짝 반짝 투명한 비닐포장 안에는 하얀색의 고운 와이셔츠가 가지런히 놓여있고 그 위에 직사각형의 하얀 편지봉투가 옆으로 길게 놓여있다.

"선생님께 감사드립니다.

직접 찾아뵙지 못해서 너무 죄송합니다.

부모님이 일찍 돌아가신 후로 제 동생이 즐거움도 잊어버리고 친구도 없이 늘 혼자만 지내는 것이 너무 마음이 아픕니다.

누나인 제가 홀로 동생을 돌보고 있지만 제 사랑이 많이 부족합니다. 그런데,

선생님을 만나고부터는 동생의 얼굴이 조금씩 밝아지고 누나와 장난 말도 건네고 자기도 선생님 같은 사람이 되고 싶다고

자신감을 찾고 있습니다.

　지난달에는 반장에 뽑혔다면서 큰소리로 자랑하며 좋아하는 동생을 부둥켜안은 채 돌아가신 부모님을 생각했습니다.

　선생님 고맙습니다.

　이번 기말고사에서는 전교 일등이라는 글로는 쓸 수 없는 큰 선물을 제 동생에게 주셨습니다.

　모든 것이 선생님이 제 동생을 인정해주시고 자신감을 찾아주신 사랑으로 만들어진 것이라고 생각하면서도 누나로서 이렇게밖에 선생님께 보답드릴 수밖에 없어서 정말 죄송합니다."

　반듯하게 접힌 두 번째 하얀 편지지 안에는 몇 장의 지폐가 가지런히 놓여있다. 긴 침묵의 공간에서 빈 천장을 한참이나 바라보면서 가슴속을 후비는 작은 꿈틀거림에 차마 눈을 깜박이지 못하고 있다.

　미루나무에서는 참매미가 맴맴맴 시간을 재촉하면 건너편 플라타너스에서는 쓰르라미가 쓰르륵 쓰르륵 해가 넘어가는 것을 아쉬워하고 있다.

　운동장 등받이 나무벤치에 앉아있는 반장의 손에 선생님이 하얀 편지봉투를 건네주고 있다.

　하얀 와이셔츠는 선생님이 받은 가장 아름답고 소중한 선물이다.

사랑은 언제나 소중하고 아름답다.

강물, 2017. ©

지워지지 않는 누런색 봉투

시내 중심가에서 다소 떨어진 야트막한 언덕에 자리한 학교
는 산기슭과 언덕배기에서 불어오는 하얀 아카시아 바람으로
온 교실이 꿀 향기 가득하다.

문예잡지를 만들기 위해 학급임원 다섯 명이 방과 후에 모여
서 편집회의를 하고 있지만, 부반장을 맡고 있는 학생이 사흘
째 학교에 나오지 않고 있다.

부반장을 맡고 있는 학생은 버스로 한 시간 정도 걸리는 시

골 농촌에서 외할머니와 단둘이 살고 있다.

초등학교 삼 학년 무렵에 부모의 이혼으로 외할머니에게 맡겨져서 홀로 자라왔지만 항상 모든 일에 적극적이고 자신감 있는 학생이다.

중학교에서는 학급 반장을 도맡아 했고 전교 학생회장에도 선출되어 학교를 대표하여 항상 선생님들에게 인정받는 학생이다.

그러나 도시학교로 진학한 후에는 전체학교 성적이 예전만 못했고, 친구들과의 경쟁에서도 시골학교와는 많이 달랐다.

본인 스스로 자신감을 잃어가면서 등록금도 밀리기 시작했고 학급 운영에도 적극성이 점점 사라져가고 있다.

학년이 올라가고 선생님도 바뀌면서 새롭게 부반장에 임명되면서 선생님과 대화도 자연스럽게 나누고 학급 문예잡지 편집위원장도 맡으면서 학급 일에도 다시 열의를 보이기 시작했지만, 외할머니가 건강이 안 좋으시다는 말이 전해오면서 학기 말이 되어도 등록금은 점점 더 밀려가고 있다.

플라타너스 가로수 길은 버스가 지날 때마다 뽀얀 흙먼지가 날린다.

비포장 도로 양옆으로 모내기를 준비하는 진흙탕 논에 물을 품어 올리는 경운기 모터 소리가 온 들판에 가득하다.

같은 동네 친구인 문예부장 학생을 앞세우고 삐뚤삐뚤한 밭둑길을 지나 동네와 조금 떨어진 산기슭에 조그마한 초가집 싸

리문에서 부반장 이름을 몇 번이고 불렀지만 답이 없다.

한참을 서성이다 어둑어둑한 밭둑길에서 동네 어르신께 부반장 학생이야기를 듣는다.

시커먼 어두움이 온 논밭을 집어삼키고 검은 장막이 드리워진 산등성이마다 산새들의 울음이 시내로 나가는 시골길 막차버스 뒷좌석에 홀로 앉은 선생님의 눈시울로 흐르고 있다.

어둠침침한 병원 응급실 앞 복도에 놓인 긴 의자 끝에서 선생님의 손을 맞잡은 할머니의 쉰 목에서 거친 눈물이 올라오고 있다.

아 글쎄 손자가 농약을 마셨습니다.

어찌하면 좋습니까, 선생님.

할머니 얼굴에 갈라진 주름 사이로 흐르다 말라버린 자국이 끝없이 미끄러져 흐른다.

선생님은 말이 없다.

도시 중심가에서 조금 떨어진 변두리 논과 밭으로 둘러싸인 한적한 곳에 있는 병원에는 개구리 소리와 풀벌레 소리가 맥박 기계로 이어졌다 끊어졌다 오르내리고 있다. 캄캄한 하늘 가까운 곳에서 셀 수 없는 별들이 제 빛을 자랑하고 있고, 남쪽에서 서쪽 하늘로 별똥별 하나가 짧은 꼬리를 태우며 사라지고 있다.

하숙집 텅 빈 방안에는 우윳빛 백열등을 감싸 돌며 천정에 부딪히는 담배 연기가 다시 바닥으로 곤두박질친다.

어린 생명을 지켜주지 못한 사람은 선생님이라 할 수 있을까.

조금만 더 관심과 사랑을 주었다면 어린 생명은 강하게 자랄 수 있다.

생명을 더 키울 수 있다.

선생님의 침묵과 연기가 새벽 창호지 문을 환하게 밝히고 있다.

방학이 시작될 무렵에 교무실 책상에 얇고 노란 편지봉투가 보인다. 부반장 외할머니가 보내온 사망신고서이다. 굵은 연필로 한 자 한 자 말하는 대로 쓰인 편지에는 부반장의 유서에 선생님 고맙다는 말을 전하고 있다.

참으로 올여름은 무척이나 덥다.

학생들이 왁자지껄 떠들며 저들끼리 웃으며 장난치면서 학급 분위기가 어느 때보다도 활기차다. 가을 수학여행이 발표되었다.

가을마다 찾아오는 수학여행은 전교생이 집과 멀리 떨어진 다른 지역에서 이 박 삼 일을 숙식하며 지내야 하는 가장 큰 학교행사이다.

　매일매일 교무실에는 학생들이 학급 담임선생님과 면담하려고 줄지어 서있다. 수학 여행비를 아직 납부하지 않은 학생들을 독촉하느라 입이 타고 있다.

　작은 나무 봉으로 머리를 톡 때리는 옆 반 선생님은 언제까지 낼 것인지 부모님 도장을 받아오란다. 수학여행비 받아서 다른 데 써버렸다고 다그치는 앞의 선생님의 버럭 소리에 고개 숙인 학생은 말이 없다.

　산으로는 붉은 단풍이 펼쳐지고 들로는 논밭의 금빛 물결이 넘쳐나는 계절의 수학여행은 학생들에게 즐거움과 아쉬움으로 끝나간다.

　각 반 담임선생님과 인솔 책임자 선생님이 작은 음식점에 모여서 수학여행 결산보고를 마치고 술이 한 잔 두 잔 돌려지면서 누런 봉투 하나씩이 담임선생님 앞으로 전달되고 있다.

　옆 반 선생님은 누런 봉투를 구겨서 바닥으로 휙 던져버리고 지폐를 손가락에 침을 묻혀가면서 세고 있다.

　올해는 작년보다 못하네.

　학기가 끝나는 이월도 중순을 지나고 있다.

선생님이 학교를 그만두신다는 소문이 학생들 사이에 돌고 있다. 학년 마지막 종례 때 반장이 먼저 입을 열었다.

선생님 그만두진 마세요.
그만두지 마세요, 선생님.
학생들의 부르짖음이 선생님 눈가에서 떨리고 있다.

그날 이후로 선생님을 학교에서 본 사람은 없다.

호수, 2015. ⓒ

0.3%의 진실과 99.7%의 거짓

진실은

거짓이 없는 것

좋은 것

착한 것

올바른 것

참된 것

양심적인 것

도덕적인 것

선한 것

아름다운 것

멋진 것

순순한 것

신뢰감이 있는 것

칭찬받는 것

상 받는 것

돈이 많이 생기는 것

돈을 많이 잃어버리는 것

모범이 되는 것

소중한 것

변하지 않는 것

하나인 것

반드시 지켜야 하는 것

교과서에만 있는 것인가.

진실은

생명을 잃을 수도 있는 것

따돌림받는 것

고독한 것

고통스러운 것

시간이 오래 걸리는 것

기다려야 하는 것

참아야 하는 것

불편한 것

나보다는 전체를 위한 것

명예를 얻는 것

용기가 있어야 하는 것

사람은 누구나 가지고 태어나는 것인가.

진실은

사회생활에 거추장스러운 것

나에게는 필요 없는 것

남에게만 필요한 것

바보짓 같은 것

돈으로 살 수 없는 것

있어도 그만 없어도 그만인 것인가.

거짓은

진실되지 않은 것

올바르지 않은 것

나쁜 것

비양심적인 것

비도덕적인 것

사기 치는 것

속이는 것

부끄러운 것

비난받는 것

추한 것

욕먹는 것

신뢰감이 없는 것

야단맞는 것

벌받는 것

법을 어기는 것

그때그때 변하는 것

교과서에서 가르치지 않는 것

주변에 흔하게 있는 것

말이나 행동으로 해서는 안 되는 것

사람은 누구나 가지고 태어나는 것인가.

거짓은
생명을 잃을 수도 있는 것
따돌림받는 것
고통스러운 것
비겁한 것
악한 것
짧은 시간에 금방 효과가 나타나는 것
편리한 것
교육받지 않는 것
다른 사람에게서 배우는 것
사회에서 배우는 것

용기가 있어야 하는 것인가.

거짓은
사회생활에 꼭 필요한 것
남에게는 필요 없고 나에게만 필요한 것
돈으로 살 수도 있는 것
돈을 벌 수 있는 것
돈을 잃어버리는 것
명예를 얻을 수도 있는 것

명예를 잃어버리는 것
현명하게 살아가는 것
수단과 방법이 필요 없는 것
목적만을 위한 것
전체보다는 나를 위한 것

반드시 필요한 것인가.

진실과 거짓은 눈으로 볼 수 있는 것이 아니다.
진실과 거짓은 손으로 만질 수 있는 것도 아니다.
진실과 거짓은 자연적으로 태어나서 스스로 사라지는 것이
아니다.
인류가 지구상에 탄생하면서 인간의 마음속에 깊이 숨겨놓았
던 선과 악이다.
무인도에 홀로 산다면 진실과 거짓은 드러나지 않는다. 둘 이
상의 사회가 만들어지면서 진실과 거짓은 서서히 모습을 드러
내기 시작한다.
더 많은 것을 빼앗아 가지려는 욕망, 빼앗기 위한 힘을 키우
려는 권력에 대한 욕망, 그 욕망을 쟁취하기 위한 수단이자 방
법이 인간의 마음속에 숨겨진 진실과 거짓이다.
진실과 거짓은 모양도 소리도 냄새도 색도 없이 사람이 사는

곳이면 어디든지 여기저기 이때나 저때나 아무도 모르게 은근하게 스며들고 있다.

진실과 거짓은 독립적으로 존재하지 않고 분리되어 있는 것이 아니라 한 몸이다.

진실은 거짓 속에 파묻혀 있어서 잘 드러나 보이지 않을 뿐이다.

진실과 거짓은 먼저 앞에 나서기 위해 항상 말다툼하거나 심한 싸움으로 스스로의 생명을 잃기도 한다.

진실과 거짓이 인간의 사회 생활에 의해서 필연적으로 만들어진 욕망을 실현시키기 위한 도구로 탄생된 것이기 때문에 그 사회의 진실과 거짓에 대한 가치의 기준이 무엇인가에 따라서 진실과 거짓의 크기나 범위가 달라질 수 있다.

홍삼 100%라고 크게 쓰인 홍삼제품의 뒷면에 숨겨진 홍삼원액 0.3%의 작은 글씨는 진실과 거짓의 양이다.

낙엽, 2018. ©

🌱 공깃밥은 따로 팝니다

점심으로 무얼 먹어야 하나 잠시 생각하다가 요란한 풍선 춤에 눈을 돌려본다. 새로 문을 열었다는 진한 형광색 광고문과 텔레비전 프로그램에 방송된 음식 사진이 식당 유리창을 대신하고 있다.

진한 밤색 테이블에 의자가 가지런히 놓여있고 옆 벽면에는 대형 텔레비전에서 연예인과 어린 여자가수들이 음식 먹는 프로그램을 진행하고 있다.

반찬이 반 정도 담긴 회색 플라스틱 접시 다섯 개가 테이블 위로 미끄러지면서 툭툭툭 던져진다.

다섯 번째 회색 접시는 떼그르 떼그르 제자리에서 삼단 회전 돌기를 한다.

빨간 김치가 찢겨진 채로 어지러이 널려있고, 언제 만들어졌는지 알 수 없는 진한 갈색 무 장아찌가 알몸을 드러낸 채로 접시 위 여기저기에 누워있다.

고춧가루와 노란 콩나물이 서로 어우러지지 못하고 따로 제각기 놀면서 접시에 뒤엉켜져 있다.

갈비탕이라는 이름에는 허연 갈비뼈만 숟가락을 따라 좁은 스테인리스 그릇 안을 헤엄치고 있다.

국물 한 숟가락으로 혀를 적시면서 밥을 기다리다가 밥을 안 주셨다고 조용히 말을 건넨다.

공깃밥은 따로 팝니다.

얼마 지나지 않아서 그 집에는 새로운 삼겹살 식당이 또다시 새로운 풍선을 띄우고 있다. 이름이 새로워졌다. 금겹살, 황금겹살, 다이아몬드겹살, 옥삼겹살….

음식점은 음식을 파는 곳이 아니다.

음식점은 사람이 먹는 음식을 파는 곳이다.

음식점에 사람이 없고 음식만 있으면 문을 닫아야 한다.

먹는 음식을 돈으로만 계산하면 먹는 즐거움과 배부름의 만족을 얻을 수 없다.

그래서 대를 이어오면서 오랫동안 문이 열려있는 음식점에 들어서면 사람 냄새가 난다.

반찬 하나하나에도 어머니 향이 나고, 그릇 하나에도 사람의 정성이 깃들어있다.

음식을 먹으면서 즐거움을 함께 먹는다.

문을 열고 나오면서 행복감이 가득하다.

하루가 즐겁다.

소나무, 2016. ©

어린 백성이 제 뜻을 시러 펴지 못하노니라

『투데이 모닝』 뉴스 스튜디오에서 웨더를 포케스팅할 김 크리스티나 앵커를 연결하겠습니다. 김 크리스티나 김 크리스티나 아, 허리케인의 영향으로 라인 컨디션이 좋지 않군요. 다음 리포트를 전해드리겠습니다.

투나잇 베이스볼은 레인체크로 딜레이되었기 때문에 발리볼과 바스켓볼 게임 스코어를 말씀드립니다. 광고 후에 넥스트 뉴스를 보내드리겠습니다.

모이스처 로션으로 소프트 터치하면서 에센스로 콜라보레이션하는 프리미엄 슈퍼 휘미닌 코스메틱입니다.

네일에서부터 안티 에이징에 이르기까지 퓨어 네츄럴 퍼펙트 코스메틱입니다. 틴에서부터 영으로 이어지는 미들 에이지를 거쳐서 실버제너레이션에게도 매우 이펙트합니다.

스페셜 이슈로 센세이션을 일으키는 사건을 스트레이트하게 보도하는 프리랜서 리포터의 레토릭은 경우에 따라서 드라이하게 들릴 수도 있습니다.

물론 팩트가 리얼하다고 해서 그 사람을 무분별하게 디스하는 것은 젠틀한 에티튜드는 아니라고 생각됩니다.

『투데이 모닝』 뉴스 페이퍼에서는 페미니스트에 대한 포비아 현상이 일어나고 있다는 러프한 보도가 메인 페이지 헤드라인으로 실렸습니다.

페미니스트를 리스팩트한다고 말하는 사람들과 디스하는 사람들과의 생각차이에는 일종의 소셜 트라우마가 작용하고 있습니다.

굿즈 마켓은 수요자의 디멘드와 소비자의 니즈에 의해서 결정되는 오픈 마켓입니다. 굿즈의 퀄리티는 공급자가 책임져야 할 문제입니다.

이러한 니즈와 디멘드를 만족시키지 못하면 시장에서 아웃되는 것은 시간문제입니다. 타이밍을 맞추지 못하면 시장은 올스톱 되고 생산자와 리테일 사이에 밸런스가 무너져 시장은 카오스 가 될 것입니다.

언빌리버블을 외치는 개그맨의 샤우팅은 계속될 것이며 인크 레더블을 첨가하는 코미디언의 오버액션이 투데이 예능프로그 램에서 스페셜하다는 이름으로 방송되고 있습니다.

방송과 신문 리포터의 글쓰기 스타일은 팩트를 팬더맨탈로 한 스토리텔링과 콘텐츠가 새롭게 업데이트되어야 만이 변화 하는 트렌드를 팔로우업할 수 있으며 메인스트림에서 소외되 지 않는다.

새드 엔딩의 실패 스토리가 해피 엔딩의 성공한 콘텐츠로 부 활할 수도 있다.

메인 이슈에서 타이틀 네이밍을 만들 때 어떤 프레임으로 방 향이 설정되어있는가를 고려해야 한다. 페이크 뉴스가 지라시 에서부터 시작한다면 뉴스의 가치에 혼란을 줄 수 있을 뿐 아 니라 오피니언 리더로서의 크레딧이 약해서 인플루언스들에게 서 외면받을 수 있다.

지금 소개해 드린 글을 쓰신 분은 소셜그룹과 커뮤니티센터 에서 시니어와 키즈의 심리 카운슬러로 활동하는 영어를 잘하 는 엘리트입니다.

주민 센터를 세련되게 영어로 표현해서 커뮤니티센터라고 부릅니다.

오피니언 리더와 인플루언스의 버라이어티한 스펙트럼은 비하인드 스토리에서 디테일하게 랜덤으로 계속됩니다.

Dream Hub GUNSAN　　Romantic Chuncheon
Golden City Gyeongju　　Central Gimcheon
Star YeongCheon Just Sangju　Hot yeong yang
Charm Jinju Good Chungju It's Daejeon
Energetic Dangjin·······································

비석, 2018. ⓒ

이 개인가 저 개인가 그 개인가

개망초

개나리

개꿈

개망나니

개꿀

개꼴

개폼

개소리

개가

개강 개인 개개비 개개비 사촌

개걸 개고기 개경 개골산

개갱개갱 개골개골 개골창

개관 개괄 개교

개구리 개구리매 개구리미나리 개구리참외

개구멍 개구리헤엄 개구리 서방

개기름 개꽃 개나발 개놈

개념 개다래 개다리소반

개다리질 개다리참봉

개다리 출신 개돼지 개두릅

개똥밭 개똥 개똥벌레 개떡 개똥지바귀

개머루 개밀 개밥 개방귀 개벼룩

개별꽃 개복치 개불 개뼈다귀 개뿔 개살구

개살이 개새끼 개수염 개수작 개숫물

개신교 개심 개씹머리 개씨바리

개씹단추 개여뀌 개오동 개울

개인차 개잠 개자리 개종자 개죽음

개차반 개창 개집 개천 개창 개칠

개털 개통 개판 개평 개풀

개피 개학 개호주

개혼 개화

개흙·······························

그리고 살아있는 모든 것은 있는 그대로를 사랑한다.

아침에 떠오르는 해는 언제나 밝다.

해는 지고 또 뜬다.

어젯밤 어두움은 무척이나
무겁고 짙다
아침 햇살이
다시 눈 부시다
살아있음에 감사하다

7
그래도 하고 싶은 말

소나무, 2018. ©

하얀색 신부와 신랑의 뒷모습

결혼이라는 새로운 세상의 문을 열고 들어간다.

사랑이라는 빛이 쏟아진다.

앞으로의 삶을 끝까지 함께 가겠다는 약속을 하늘과 땅과 사람들에게 널리 알리고 있다.

혼례의식을 마치고 양쪽에 서서 축하하는 많은 사람의 박수와 환호소리를 축복으로 받으며 걸어나가고 있다.

신부와 신랑의 뒷모습으로 이끌리는 긴 하얀색 드레스와 예복은 지금 이 시간에 세상에서 가장 순수한 하얀색이고 가장 아름다운 모습이다.

신부와 신랑의 뒷모습에는 얼굴이 없다.
감정도 알 수 없고 생각도 알 수 없다.
오직 하얀색만 보일 뿐이다.
하얀색은 모든 색을 덮을 수 있다.
하얀색은 모든 색을 담을 수도 있다.

검은색은 모든 색을 덮을 수는 있지만 모든 색을 담을 수는 없다.
나와 너에서 우리라는 관계가 만들어지기 전까지 나는 너와 다른 부모의 생각과 삶의 방식으로 만들어진 가정과 문화에서 나만의 색으로 칠해진 나만의 생각과 의식구조를 가진 한 인간으로 성장해왔다.
그리고 너는 나와는 다른 환경과 문화에서 교육받으면서 너만의 색으로 세상을 만들고 생각하며 살아왔다.
그래서 우리는 다르다는 차이를 가지고 만났지만, 보이지도 않고 손에 잡을 수도 없는 공간에 셀 수 없을 정도로 떠돌아다니는 추상적이고 환상적인 이미지를 사랑이라는 믿음으로 선물처럼 포장한다.

우리의 시작이 다르다는 것을 잊어버리면서 너와 나의 틈이
생기기 시작한다.

사랑하기 때문에 결혼한다는 것은
사랑의 끝이 결혼이다.
사랑의 끝이 결혼이면 사랑은 사라지고
너와 나의 일상생활만 남는다.

서로 다른 너와 나는 생각으로 부딪히고 자기주장으로 갈등
하게 된다.
우리는 없고 각각이 다른 색으로 그리며 나 홀로 둘이 한집
에서 살아가고 있다.
서로 다른 색이 칠하고 합쳐지면 마지막에 남는 것은 다른 색
을 담을 수 없는 검은색뿐이다.

사랑하기 위해서 결혼하는 것은 사랑의 시작이 결혼이다.
다른 생각과 다른 환경에서 자라왔기 때문에 너와 나는 서로
색이 다르다.
차이를 인정하고 존중하면서 서로가 만들어온 다른 색 위에
하얀색으로 덮어서 너와 내가 된 우리의 색으로 미래를 그리는

것이다.

서로 다른 차이를 인정하고 존중하는 것이 사랑의 시작이고 끝이다.

사랑이 없이도 결혼할 수 있고, 결혼하지 않고도 사랑할 수 있다. 그러나 한 방에 가둬놓고 일주일만 먹을 것을 주지 않으면 너와 나는 서로 잡아먹으려 들지도 모른다.

사랑도 먹지 않고는 할 수 없다.

굶어서 죽으면 사랑도 결혼도 행복도 다 허망한 것이다. 없다.

아무것도 없다.

끝이다.

그래서,

결혼은 너와 내가 함께 살 수 있는 먹을 것을 만들어야 사랑이 더 커지고 깊어지며 오래오래 계속될 수 있다.

그래서,

너와 나의 사랑이라는 틈새 사이사이에서 행복이라는 마르지 않는 샘물이 솟아난다.

결혼식 드레스와 예복의 앞모습은 흰색이지만 얼굴이 있다.

표정이 있고 감정이 있다.

웃고 있는지 울고 있는지 화내고 있는지 모두에게 숨길 수
없다.

입으로만 사랑하는지 눈으로는 다른 곳을 보고 있는지 다른
소리를 듣고 있는지 모두에게 다 드러나 보인다.

드레스와 예복 뒷모습에 하얀색으로 가려져 있는 너와 내가
셀 수 없이 쌓아온 수많은 색으로 사랑을 그려가는 것이 결혼
이고 삶이다.

그리고,
그것이 행복이다.

빈 의자, 2015. ⓒ

편안한 의자와 불편한 의자

산등성이를 돌아 가파른 산언덕을 한 걸음 한 걸음 오르면 머릿속으로부터 이마로 흘러내리는 땀에 눈이 따갑다.

시원한 물 한 모금으로 가쁜 숨을 가다듬고 잠시 땀을 닦으며 쉴 수 있는 등받이가 없는 긴 나무의자는 산행의 피곤함을 잊을 수 있도록 편안한 쉼을 조건 없이 준다.

울울창창 늘어선 소나무 참나무로 사이의 좁다란 오솔길 언덕배기에 네 조각 나무의자를 놓아준 이의 남을 위한 마음과

정성스런 수고가 앉는 이의 온몸으로 스쳐 오르는 솔잎바람과 함께 행복한 향이 온 산을 타고 오른다.

아파트 어린이 공원 모래밭에서 어린아이 서너 명이 자그마한 손가락 사이로 주르르 흘러내리는 모래를 움켜잡으며 모래집을 짓고 있다.

모래밭 한쪽으로 토끼와 거북이 그림이 그려진 등받이 나무의자에 앉아있는 한 할머니는 따스한 오후 햇살에 지그시 눈을 감은 채 털모자를 쓴 머리를 꾸벅이고 있다. 빨간 털실로 뜨개질을 하고 있는 안경을 내려쓴 할머니의 바쁜 손이 모래집 짓는 어린아이들 손보다 더 느리다.

어린아이들을 돌보고 할머니들의 편안함과 한가함을 아무런 대가도 없이 스스로 내어놓는 모래밭 옆 등받이의자에 그려진 토끼의 빨간 눈과 거북이의 긴 목이 오후 햇살에 무척이나 밝게 빛난다.

버스를 타면 편안하게 앉아서 갈 수 있는 빈 의자를 먼저 찾는다. 지하철에서 사람들의 사이사이를 뚫고 빈 의자를 찾아 내달리는 것은 부끄러움이 편안함을 이기지 못하기 때문이다.

특별한 조건이나 아무런 이유 없이 남자 여자 어린이 어르신을 구별하지 않고, 가난하건 부유하건 차별 없이 누구나 앉을 수 있고 똑같이 편안함을 주는 의자에 앉아있는 동안은 행복하다는 느낌이 마음 깊은 곳에서부터 차곡차곡 쌓여간다.

그러나 모두가 다 앉을 수 있는 의자는 없다.

앉아서 편안함을 받고 싶은 사람은 많고 의자는 많지 않다.

더 편안한 의자에 앉기 위한 너와 나의 욕망이 서로 부딪히면서 행복은 잠시 쉬어갈 뿐 다시 다른 의자를 향한 욕망과 함께 권력이라는 불행한 의자에 앉게 된다.

의자가 권력이 되고 힘으로 변하면서 편안함은 사라지고 하루하루가 싸우는 시간이고 순간순간이 부끄러움을 덮어버린 핏기 서린 얼굴로 불행을 맞이하면서 행복이라고 착각에 빠지게 된다.

편안함이 없으면 행복도 없다.

행복은 원하는 것을 가지는 것이 아니라 원하는 것을 버릴 때 마음 깊은 곳으로부터 행복이 올라온다.

편안함을 불행이라고 말하지는 않는다.

행복이라는 감정의 깊이는 끝이 없다는 우주의 깊이보다 더 깊다.

한 인간의 감정의 깊이는 행복의 깊이와 같다.

그러므로,

행복은 모두에게 같을 수도 있고,
모두에게 다 다를 수도 있다.

행복은 만질 수도 없다.
볼 수도 없다.
형체가 없는 추상적인 감정과 상상의 이미지이다.
행복은 내가 생각하는 현재이다.
행복은 내가 꿈꾸는 미래이다.

돈이 많아야 행복한 사람
건강해야 행복한 사람
예뻐야 행복한 사람
사랑해야 행복한 사람
결혼해야 행복한 사람
집이 커야 행복한 사람
좋은 차가 행복한 사람…….
그리고,
푸른 하늘만 봐도 행복한 사람
붉은 석양의 태양 빛이 행복한 사람
비를 맞으면서도 행복한 사람
눈을 밟으며 행복을 느끼는 사람

책을 읽으면서 행복을 찾는 사람
산에 오르면서 젖은 땀방울에 행복한 사람
바람에 날리는 머리카락을 넘기며 행복한 사람
커튼 사이로 들어오는 햇살을 보고 행복한 사람
커피 한잔에 행복한 사람⋯⋯⋯⋯⋯⋯.

그러나,

나의 행복은 남의 불행으로부터 오지 않는다.

발자국, 2019. ©

두 갈래의 길

어두운 밤을 하얀색으로 밝히며 아무도 모르게 하늘에서 눈이 내려왔다.

얼음판 위로 하얗게 쌓였다.

서로 다른 모습의 발자국을 맨 처음 남기면서 아무도 가지 않는 곳을 향하여 얼음판에 없던 새로운 길을 만들어 가고 있다.

지난 시간까지 함께 왔다가 이제 서로 다른 곳을 향해 간 사람들은 지금 어디쯤 가고 있을까.

얼마나 다른 모습의 발자국을 얼음판 위에 그리고 있을까.

미끄러워서 넘어질지 모른다는 두려움과 깨질 수도 있다는 미래에 대한 불안이 얼음판에 발을 내디디기 전까지 마음속 깊은 곳에서부터 올라오고 있다.

하얀 눈으로 덮인 얼음판에 처음으로 길을 낸다는 선구자적 자긍심과 누구도 가지 않는 곳이라는 새로운 것에 대한 탐구심이 자신감 있는 용기를 만나면서 삶의 역사를 변화시킨다.

하얀 눈으로 덮인 얼음판 아래에는 물이 흐르고 있다. 시계의 초침이 한순간의 쉼이 없이 돌고 돌아가듯이 얼음판 밑의 물은 계속 움직이며 흐르고 있다.

얼음판 위를 걷고 있는 사람은 얼음판 밑에 물이 흐르고 있다는 것을 항상 알고는 있지만 그 생각 자체를 잊어버리고 싶다.

남이 가지 않는 길을 나만 먼저 가려는 욕망이 넘치면 미끄러지면서 얼음이 약한 곳에서는 물에 빠져서 저 너머 건너 평원으로 가기도 전에 삶을 끝내고 있다.

얼음판 위에서 두 갈래 길을 만나면 어디도 갈 것인가를 선택해야 한다.

남이 가지 않은 다른 곳을 향해 길을 내는 것은 나의 선택이다.

선택의 결과가 행복이나 불행을 결정하지는 않는다.

행복과 불행은 길을 걸으면서 무수히 만들어지고 사라지는 마음속의 욕망에서 일어난다.

얼음판 건너 저편의 평원에 도달하는 것은 누구도 차별이 없다. 다만 먼저 온 사람과 늦게 도착한 사람만 있을 뿐이다.

그리고 다음에 또 이 길을 밟고 올 사람을 위해 서로 다른 발자국을 남기고 다른 흔적을 남긴다.

어린아이의 양손을 잡고 미끄러지는 엄마 아빠의 스케이트가 햇살에 금빛으로 반짝반짝 빛난다. 썰매를 타고 있는 아이를 밀고 있는 할아버지가 얼음판 위에 미끄러지면서 꽈다당 소리를 치고 있다.

주황색 운동화를 신은 채 얼음 위에서 미끄럼 타기 게임을 하고 있는 남학생과 여학생이 가위바위보 내미는 손에는 빨간색 장미꽃이 수놓아지고 있다.

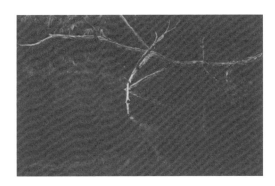

고목, 2015. ©

나도 때론 엉엉 울고 싶다

　까만 교복 왼쪽 가슴 위에 하얀 플라스틱 이름표를 붙이고 머리카락이 손으로 잡히지 않을 정도로 박박 깎은 까까머리 학생들이 나무 책상을 쿠당탕 두드리며 와와와 함성을 질러대고 있다.

　담임선생님의 말씀은 가을 수학여행이라는 그다음 말은 교실에서 사라져갔다.

　수학여행 날짜가 가까워오면서 매일 매일 수학여행비 독촉과

납부실적 학급 등수 발표가 종례시간마다 계속되고 있다.

담임선생님의 호출에 맨 뒷줄에서 앞으로 불려나간 학생은 머리를 숙인 채 담임선생님의 말씀을 듣고 있다.

부모님께 수학 여행비를 받아서 다른 데 쓰기 위해 수학여행을 안 가는 것이다.

거짓말로 선생님을 속이고 있다.

이런 학생이 문제아이다.

이런 학생은 앞길이 뻔하다.

학생은 고개를 숙인 채 한 손으로 눈을 비비고 있다.

아침마다 열리는 교무회의는 오늘의 학교 운영과 계획이 통보되면 각 담임선생님들이 학생들에게 전달한다.

학기가 끝나갈 무렵에는 학급별 등록금 납부실적이 모든 선생님이 모인 교무회의에서 매일매일 발표되고 교무실 칠판에 막대그래프로 그려진다.

일등 하는 학급은 빨간색 꼴등 하는 학급은 파란색으로 표시된다.

학기 말이 되면 선생님은 교감 선생님의 호출로 매일 늦게까지 학교에 남아계신다.

학급 학생들에게 왜 등록금 내라는 독촉이나 질책을 하지 않는 이유가 무엇이냐.

혼자 선생님인 척하면 다른 선생님은 모두 학교 영업사원이냐.

선생님은 아무 말 없이 창문만 바라보고 계신다.

대학교 진학이나 고등학교 진학하는 학년이 되면 학생들이나 교과 담당 선생님들도 매일매일의 긴장감과 중압감에 개인적인 생활은 스스로 포기당하고 학교생활에 전부를 지배당하게 된다.

교과 담당 선배 선생님의 명령으로 저녁 식사에 전부 집합된 선생님들에게 교과 참고서 출판사 상무라는 분의 채 가시지 않은 담배 냄새가 돌리는 술잔과 함께 돌고 있다.

집으로 돌아오는 길에 참고서 한 권씩이 들어있는 하얀 서류봉투가 선생님의 옆구리에 끼워졌다.

술 먹은 눈으로 펼쳐본 참고서 책갈피 속에는 지폐가 빳빳하게 끼워져 있다.

그리고,

교과 담당 선배 선생님의 성경 말씀을 다시 들어야 한다. 선배는 하나님과 맞술 먹는 사이다.

학교에서 배운 교과서 지식은 현실이 아니다.

적자생존이다.

환경에 적응하면 살아남고 저항하면 사라지는 거다.

도덕도 진실도 모두 허상이다.

진실이라고 믿고 혼자 가면 왕따요 외롭다.

뜨거운 낙원에서 행복을 추방당한다.

무슨 길이든지 같이 가면 다수가 진실이고 도덕이 된다.

정신 다시 차려라.

오늘 밤에는

나도 엉엉 울고 싶다.

진분홍 꽃비가 발그스레 휘날리는 길을 지나

뜨거운 소나기 속으로 쏟아지는 진흙탕을 건너

마지막 불꽃으로 피어오르는 산언덕을 넘어

눈 덮인 하얀 얼음판 아래로 흐르는 물소리가 들리고

산등성이 걸린 태양이

서쪽 하늘을 온통 붉게 물들이면

나도 한번은 엉엉 울고 싶다.

눈, 2019. ©

보내지 못한 편지

그리고 연두색 커튼 너머 창밖이 금방 캄캄한 밤으로 막히기 시작하면 주황색 백열등 불빛이 아래로 내리비추는 조그마한 연한 초록색 소파에 깊게 앉아서 어느 날처럼 홀로인 것을 잊는다.

애꿎은 하얀 커피 컵 손잡이만 만지작거리는 손가락에서는 촉촉함이 배어나고, 건너편 거울 속에서는 차마 마주하지 못한 눈이 떨리는 눈가를 애써 감추기 위해 옅은 웃음을 만드는 위

아래 입술이 살짝 어긋나 있다.

아무 일 아니라는 것처럼
일상의 어느 한 부분인 것처럼
그렇게
손을 마주 잡고 어깨를 감싸며
건강하고 즐거운 날을 위해
순간순간 성실하게 사는 것이다.

말이 왜 그렇게 편안하게 들려왔을까 그래서 남겨지는 것도
아니고 보내는 것도 아니라는 것인가.
　왜 계속 같이 갈 수 없냐고 이유를 물어야 하지 않을까.
　왜 홀로 보낼 수 없다는 것을 마음속으로가 아니라 큰소리로
물어야 하는 것이 아닐까.
　차라리 뿌리치는 손을 다시 잡고 눈물이라고 뿌려야 하지 않
을까.
　그냥 돌아서는 앞을 막아서서 같이 가자고 안아주어야 하지
않을까.
　생각만으로 결정하기 전에 왜 이해하려고 한 번쯤은 생각해
야 하지 않을까.
　조금은 마음을 넓혀서 포용하고 받아들여야 한다는 생각은

왜 그때는 못했을까.

왜 바로 결정하기 전에 한 발자국 물러서서 시간을 가지고 생각하지 않았을까.

지난날과 앞으로 마주칠 일에 대한 생각은 왜 그렇게 단순하고 무계획적으로 결정하는 것일까.

그렇게 가는 과정의 모든 것은 나로부터 비롯된 것을 잊어버린 것이다.

커다란 잘못으로 자존심이라는 허상으로 덮어버린 것이다.

이기심의 그 이상이나 그 이하도 아닌 것이다.

포용하고 받아들이려는 이해심보다는 차별하고 특별하고자 하는 오만함으로 가득한 욕망의 결정이다.

인간을 사랑한 것이 아니라 자신을 사랑함으로 물속에 영원히 갇혀버린 어리석은 영혼이 되어버린 것인가.

어젯밤 잠자리가 그리도 뒤척이며 하늘을 날아서 산 계곡을 따라 먼 바다를 건너서 학교 운동장에서 주말 축구하는 어린 학생들까지 모두 모두에게 반가움을 나누며 즐거움을 주다 아침 창밖으로 하얀 눈을 소리 없이 만나니 바로 너인 줄 알겠다.

냇물이 쉼 없이 흐르는 얼음장 위로 하얀 눈이 다소곳이 쌓

여있다. 누구의 발작국도 나지 않은 하얀 눈 위에 몰래 몰래 그
리고 자신 있게 써본다.

정말 미안하다.
그리고
정말 고맙다.

마음 속 깊은 곳으로부터………….

발자국, 2019. ⓒ

전해주고 싶은 편지
....

    신생아실 투명 유리창 안에서 간호사의 양팔에 안긴 너와의 첫 만남은 내 인생에 있어서 가장 오랫동안 기억에 남아있는 순간이다.

    아직 핏기가 채 가시지 않은 숱이 많은 머리카락을 가진 갓난아이가 동그란 눈으로 뚫어지게 쳐다보는 모습이 무척이나 신기하기도 하고 신비스럽기도 한 그 순간은 정말 말이나 글로써는 표현하기 어려운 기억이다.

너도 첫 만남의 그 순간을 잊을 수 없는 기억으로 영원히 남아 있을 거야. 왜냐하면, 우리는 그때 함께 있었으니까.

방바닥을 개구리처럼 펄쩍펄쩍 기어 다니면서 침대 칸막이를 잡고 일어서려는 모습에 깜짝 깜짝 놀랐다는 것을 너도 알고 있을 거야.

첫돌 맞이 여행에는 너도 예쁜 보라색 운동화를 신고 공원을 뛰어다녔다. 샤워 후에 흥에 넘쳐 달리며 침대에 풀썩 다이빙하다가 그만 침대 머리에 부딪혀서 울음을 터뜨리며 아파하던 모습에 지금도 마음이 아프다.

그래 한 살이 지나고 두 살로 향해 갈 때쯤 이웃집 할머니가 선물로 준 에이 비이 씨 사각형 나무장난감에 쓰인 영어문자를 알아맞힐 때는 즐겁고 놀랐다.

보이지 않는 뒷면의 글자까지 알아맞히는 것을 보고는 믿기 어려움에 더욱 놀라서 몇 번이고 되풀이 물어봐도 보이지 않는 뒷면의 글자를 다 기억하는 너의 그 자랑스러운 얼굴 모습에 지금도 즐거워한다.

한글 이야기 암송대회에서 다섯 살로 최연소 일 등을 하던 날 기억하고 있지. 그래서 막 텔레비전에도 나왔잖아. 선녀와 나무꾼 이야기를 또렷또렷하고 우렁찬 한글 발음으로 모든 사람에게 찬사와 감동을 주었지.

사람들이 모이는 곳에서는 완전히 어린이 스타였지.

너는 신이 준 최고의 행복한 선물이다.

혼자 사는 것은 인생의 사 분의 일이다.
결혼은 인생의 반이다.
아이를 낳고 키우는 것은 인생의 모두를 얻는 것이다.

혼자 사는 것은 하나의 사랑이고 하나의 행복이다.
결혼하는 것은 두 개의 사랑이고 두 개의 행복이다.
그러나
아이를 낳고 키우는 것은 모두 숫자를 합한 것보다 더 많은
사랑과 행복이다.

인간의 삶의 결과는 누구나 죽음이라는 결론에 이르면 허무
한 것일지도 있지만 그러나 인간의 삶은 결과가 아니라 그 삶의
과정이 전부이다 는 것을 알고 있겠지.

미안함은 나의 잘못으로부터 시작된 것이다.
고마움은 너의 자랑스러움으로부터 내게도 왔다.
보고 싶다,
엉엉 울고 싶다.
그리고

사랑한다, 아주 많이.